BASTEI
LÜBBE

Jugendbücher im
Bastei-Lübbe-Programm:

Der Puma und seine Freunde
18 600 Stefan Wolf – Ein vergessener Mord
18 601 Stefan Wolf – Die Henker aus dem Regenwald
18 602 Stefan Wolf – Höllentrio

18 603 Ken Follett – Das Geheimnis des alten Filmstudios
18 604 Ken Follett – Die Power-Zwillinge

KEN FOLLETT

DAS GEHEIMNIS DES ALTEN FILMSTUDIOS

Ins Deutsche übertragen
von Rainer Delfs

BASTEI LÜBBE
JUGENDBUCH

BASTEI-LÜBBE-TASCHENBUCH
Band 18 603

Erste Auflage:
Mai 1994

Deutsche Lizenzausgabe 1994
by Bastei-Verlag Gustav H. Lübbe
GmbH & Co., Bergisch Gladbach
Originaltitel: The Mystery Hideout
Lektorat: Rainer Delfs
Illustration: © Copyright 1990
by William Morrow and
Company, Inc.
Umschlaggestaltung:
Quadro Grafik, Bensberg
Satz: KCS GmbH,
Buchholz/Hamburg
Druck und Verarbeitung:
Ebner Ulm
Printed in Germany

ISBN 3-404-18603-6

Der Preis dieses Bandes
versteht sich einschließlich der
gesetzlichen Mehrwertsteuer.

ERSTES KAPITEL

Mick Williams schob die letzte Abendzeitung in einen Briefkasten und schwang sich wieder auf sein Fahrrad. Er trat kräftig in die Pedale, um so schnell wie möglich zu Mr. Thorpes Zeitschriftenladen zurückzukehren. Dieser Teil seines Jobs gefiel ihm am besten. Die Tasche, die zu Beginn seiner Tour so verdammt schwer war, flatterte nun leer auf seinem Gepäckträger.

Er bog um eine Ecke und hielt geradewegs auf den Gehsteig zu. Kurz bevor er den Kantstein erreichte, riß er sein Fahrrad am Lenker hoch. Beide Räder hoben vom Boden ab und landeten sanft auf dem Pflaster des Gehsteigs. Mick stieg auf die Bremse, und mit einem eleganten Schlenker des Hinterrades stoppte er genau vor dem Fenster des Zeitschriftenladens. Diesen Trick beherrschte er seit einiger Zeit wie im Traum.

Er lehnte das Fahrrad neben dem Fenster an die Wand und betrat den Laden. Erst als er die Tür geöffnet hatte, bemerkte er den Jungen neben dem Fenster rechts vom Eingang. Seine Hand lag auf dem Sattel eines Rennrads. Mick hatte ihn noch nie zuvor gesehen. Mick hoffte, daß sein Trick ihn beeindruckt hatte.

Mr. Thorpe, der Zeitschriftenhändler, sagte: »Da ist ein neuer Junge draußen, Mick. Zeigst du ihm die Tour sieben?«

»Okay.« Mick nickte. Er kassierte jede Woche ein paar Pfund extra für solche Jobs. Er kannte jede Tour in Mr. Thorpes Bezirk, und oft sprang er für andere Jungen ein, wenn sie verhindert waren. Wenn es keine Extraarbeit gab, fegte er noch den Laden aus und fuhr dann nach Hause.

Mick klopfte gegen die Fensterscheibe und winkte dem Jungen, daß er hereinkommen sollte. Der nickte und kam.

»Mick wird dir alles zeigen, Sohn«, sagte Mr. Thorpe zu ihm.

Mick sah sich den Jungen an. Er war

ungefähr im selben Alter wie er, obwohl er hagerer und größer war als Mick. Er hatte kurzes blondes Haar und trug ein Hemd mit Knopfleiste.

»Wie heißt du?« fragte Mick.

»Randall Izard«, erwiderte der Junge.

»Komischer Name.«

»In meiner Klasse nennen sie mich Izzie«, sagte der Junge.

Mick nahm eine Zeitungstasche auf und legte sie neben den Stapel Zeitungen mit der *News of the World* obenauf auf den Ladentresen.

»Weißt du, wie man die Zeitungen richtig in die Tasche packt?«

»Ich glaube schon.«

»Na, dann fang an«, sagte Mick. Er schaute dem Jungen einige Zeit zu, wie er die Zeitungen ungeschickt in die Tasche zu stopfen begann. Dann fragte er: »Hast du vorher schon mal Zeitungen ausgetragen?«

»Nein.«

»Das dachte ich mir.« Mick zeigte ihm, wie die Zeitungen richtig gepackt wurden, dann half er ihm, die Tasche über die Schulter zu hängen.

»Puh, die ist schwer«, sagte Izzie, als sie den Laden verließen.

Mick lachte. »Warte bis Freitag – dann sind die Zeitungen noch viel dicker.«

Mr. Thorpe rief ihnen nach: »Beeilt euch, Jungs, sonst rückt mir *Arcadia 35* wieder auf die Pelle und beschwert sich, daß die Zeitung wieder zu spät geliefert wurde.«

Mick warf einen bewundernden Blick auf Izzies Fahrrad. Es hatte einen Rennlenker und eine Ketten-Gangschaltung mit einundzwanzig Gängen. Als Izzie mit der schweren Tasche auf der Schulter in die Pedale stieg, sah Mick, daß er gerade groß genug für das Fahrrad war. Für Mick wäre es zu groß gewesen.

Er stieg auf sein eigenes Rad. Als sie losfuhren, sagte er: »Tut mir leid um dein Fahrrad.«

Izzies Wangen röteten sich etwas. »Was gefällt dir daran nicht?«

»Oh, es ist ein tolles Rad«, sagte Mick, »aber du wirst damit eine Menge Schwierigkeiten bei diesem Job haben. Diese Sorte ist besser dafür.« Micks Fahrrad war eine Art Gelände-Rad mit hochragendem Stierhorn-Lenker und dicken Reifen mit grobem Profil.

»Ich hab' meins nicht fürs Zeitungaustragen bekommen«, murmelte Izzie.

Sie bogen in die Arcadia Avenue ein, und Mick wies auf das Haus des ersten Abonnenten.

Mick erklärte Izzie, bei welchen Häusern er die Zeitung in den Briefkasten stecken mußte, damit sie nicht naß wurde, wenn es regnete, und bei welchen Häusern er nicht über den Rasen fahren oder eine Abkürzung über die Hecke nehmen durfte.

Izzie fragte: »War das vorher deine Tour?«

»Ich hab' sie schon alle irgendwann gemacht«, sagte Mick. Er stellte bei sich fest, daß er den Neuen nicht sonderlich mochte.

Izzie sprach irgendwie affektiert, fand er. Leute, die so sprachen, waren meistens Angeber.

Er betrachtete sich Izzies Rennrad, während Izzie eine Zeitung eine lange Auffahrt hinauf brachte. Die schmalen Felgen waren mit Hochdruckreifen versehen, die kaum Profil hatten. Es mußte eine Menge gekostet haben. Mick wunderte sich, daß der Junge es nötig hatte, Zeitungen auszutragen.

Izzie kehrte durch die Pforte zurück. Seine Tasche war nun fast leer. Mick fragte: »Von wem hast du das Rad?«

»Ein Geburtstagsgeschenk von meinem Vater«, erwiderte Izzie. »Und woher hast du deins?«

»Geklaut«, sagte Mick und fuhr zum nächsten Haus.

Ein paar Häuser weiter fragte er Izzie: »Was ist dein Vater von Beruf?«

»Er dreht Filme«, antwortete Izzie.

Mick war beeindruckt. »Was für welche? Western und James Bond und solche Sachen?«

»Nein, meist Fernsehserien.«

»Oh«, sagte Mick. Das war nicht halb so interessant.

»Was ist mit deinem?«

»Meinem was?«

»Vater.«

»Ich habe keinen«, sagte Mick knapp.

Izzie runzelte die Stirn und setzte zu einer weiteren Frage an, doch Mick wies nach vorn. »Da ist dein letztes Haus. Mach zu.«

Als sie zum Laden zurückfuhren, fragte Mick: »In welche Schule gehst du?«

»Radley.«

Das war auch Micks Schule.

»Ich hab' dich da noch nie gesehen«, sagte er.

»Ich bin neu dort«, erklärte Izzie. »Vorher war ich auf einem Internat.«

Zurück beim Laden, hielt Mick wieder auf gewohnte Weise vor dem Fenster, während Izzie sein Rennrad vorsichtig an die Hauswand lehnte. Zusammen betraten sie den Laden.

Mr. Thorpe blickte ihnen entgegen und sagte zu Izzie: »In Ordnung, Sohn, wir sehen uns dann morgen Viertel nach vier.«

Izzie nickte und verließ den Laden wieder. Durchs Schaufenster sah Mick ihm nach, wie er sein Rennrad bestieg und davonfuhr.

Er drehte sich um, als Mr. Thorpe ihn ansprach.

»Na, wie war er?«

»Es geht«, erwiderte Mick. Er nahm eine Abendzeitung vom Tresen und legte eine Münze hin.

»Scheint ein netter Junge zu sein«, sagte Mr. Thorpe.

Mick steckte die Zeitung in seine Tasche. »Er ist ein bißchen eingebildet, aber ich glaube, seiner Familie geht es zur Zeit nicht besonders gut.«

»Oh, wirklich?« fragte Mr. Thorpe, und ein schmales Lächeln huschte über sein Gesicht.

»Bis morgen, Mr. Thorpe«, sagte Mick und fuhr nach Hause.

Izzie fuhr sehr schnell nach Hause, den Kopf weit über den Lenker gebeugt. Sanft schaltete er durch die vielen Gänge. Es ist ein Klasserad, was immer auch Mick Williams erzählen mag, dachte er. Micks alter Dratesel sah aus, als hätte er ihn eigenhändig zusammengebaut, und er mußte über eine Tonne wiegen.

Er hatte jetzt den ganzen Abend für sich allein. Keine Schule – bis morgen früh. Er fürchtete sich ein wenig davor, in die neue Schule zu gehen. Er hatte keine Freunde dort, obwohl seine Mutter gesagt hatte, daß er schnell welche finden würde. Dennoch, er wünschte sich, wieder ins Internat gehen zu können, wo er in der Fußballmannschaft mitgespielt hatte. Die Schule zu wechseln war eine verdammt harte Sache.

Um sich ein wenig aufzuheitern, dachte er darüber nach, womit er sich beschäftigen konnte, wenn er zu Hause war. Vielleicht sollte er seine Zinnsoldaten hervorholen und irgendeine Schlacht nachspielen. Es war lange her, seit er mit den Zinnsoldaten gespielt hatte.

Er fuhr die Auffahrt zu ihrem Haus hinauf und stoppte mit einem Schlenker des Hinterrades. Es gelang ihm nicht so gut wie Mick Williams, aber mit ein wenig Übung würde er das auch noch schaffen.

Seine Mutter war in der Küche. Sie nahm gerade Fleisch aus dem Gefrierschrank. Früher hatten sie immer ein Au-pair-Mädchen gehabt, das seiner Mutter im Haushalt geholfen hatte, aber das war vorbei.

»Hallo, Randall. Wie war die Zeitungstour?« fragte seine Mutter.

»Gut«, antwortete er. Er würde seiner Mutter nichts von dem Ärger erzählen, den er heute gehabt hatte. Sie hatte genug andere Sorgen, denn es war für seinen Vater nicht einfach, einen neuen Job zu finden. In der Film- und Fernsehbranche herrschte zur Zeit eine Flaute, und es gab viele Regisseure, die keine Arbeit hatten. Deshalb behielt Izzie seine Sorgen für sich und erzählte seiner Mutter, daß alles großartig war.

»Ich spiele ein bißchen mit meinen Zinnsoldaten«, sagte er.

»Gut. Aber nicht zu lange. Um sieben gibt es Abendbrot, und du mußt dich vorher noch duschen.«

Izzie nickte. Er hängte seinen Parka an die Flurgarderobe und stieg die Treppe zu seinem Zimmer hinauf. Er hatte sich entschieden, die Schlacht von Dünkirchen nachzuspielen. Er breitete ein Stück Packpapier auf dem Teppich aus und begann, die deutschen Soldaten in ihren Stellungen aufzubauen. Bald schon war er in seinem Spiel versunken.

Mick schloß die Haustür auf. Er sah die Frau des Hausbesitzers am Ende des düsteren Hausflurs an ihrer Tür lauern. »Ich bin's nur, Mrs. Grewal!« rief er.

Er lief die Treppe hinauf. Die Irin in der ersten Etage war beim Kochen, und der Geruch des Essens löste ein Hungergefühl bei Mick aus. Sein Magen begann laut zu knurren.

Immer drei Stufen auf einmal nehmend, ließ er die Treppe zum zweiten Stock hinter sich, wo er mit seiner Mutter ein kleines Zweizimmerapartment bewohnte. Er schloß die Tür auf und trat ein.

In der Küche kniete er auf dem rissigen Linoleumboden nieder und holte eine Flasche Cola und eine Schachtel mit Keksen aus dem Küchenschrank. Dann ging er ins andere Zimmer und stellte den Fernseher an. Er legte sich davor auf den Teppich, stellte die Cola und die Keksschachtel neben sich und schlug die Zeitung auf.

Er begann zu lesen, als er sah, daß es nichts Interessantes im Fernsehen gab. Zuerst schaute er sich die Cartoons und Comicstrips an, dann schlug er den Sportteil auf und las einen Artikel über die Mannschaft von Tottenham Hotspurs. Danach erst sah er sich die Titelseite genauer an.

Eine fette Schlagzeile sprang ihm ins Auge:

Bankraub! Die Maskenbande
erbeutet 20 000 Pfund!

Mick interessierte sich sehr für diese Maskenbande. Atemlos begann er zu lesen. Im Artikel hieß es:

Vier Männer überfielen heute die Lloyds Bank in der High Street in West Hinchley und konnten mit einer Beute von etwa zwanzigtausend Pfund in kleinen Banknoten entkommen.

Die Polizei vermutet, daß es sich bei den Tätern um die sogenannte Maskenbande handelt, die in den letzten beiden Monaten vier Banken in den westlichen Stadtteilen von London ausgeraubt hat.

Die Täter betraten die Bank als unauffällige Kunden. In dem Augenblick, als ein Bankan-

gestellter vom Mittagstisch zurückkehrte und die Sicherheitstür für ihn geöffnet wurde, nutzten sie die Gelegenheit, um hinter die Schalter zu gelangen.

Niemand wurde bei dem Überfall verletzt.

Die Methode bei diesem Überfall ähnelt stark derjenigen bei früheren Bankrauben. Obwohl die Beschreibungen der Täter bei jedem Überfall völlig verschieden waren, glaubt die Polizei, daß es sich um ein und dieselbe Bande handelt. Es wird vermutet, daß die Gangster sich mit einem professionellen Make-up maskieren.

Mick bewunderte die Maskenbande. Sie hatte die Polizei bisher jedesmal mit Tollkühnheit und Gerissenheit überlistet. Er fragte sich, wo sich die Männer wohl im Augenblick verborgen hielten. Wahrscheinlich würden sie zu dieser Stunde gemütlich in ihrem Versteck hocken, ihre Beute zählen und sich über die ratlose Polizei einen Ast lachen.

Ein Bericht über ein Autorennen flimmerte über den Bildschirm, und Mick schaute eine Weile zu.

Als das Rennen zu Ende war und eine Frau zu erzählen begann, wie man Marionettenpuppen bastelte, wandte er sich wieder der Zeitung zu.

Er blätterte die Seiten durch, überflog die Überschriften und das Fernsehprogramm für den heutigen Abend. Als er die Zeitung zuschlagen wollte, stutzte er. Ein kleiner Artikel auf der vorletzten Seite erweckte seine Neugier.

Hotelpläne für das Filmstudiogelände, lautete die Überschrift.

Mick las: ›Eine Immobiliengesellschaft hat die Genehmigung beantragt, auf dem Gelände des leerstehenden Kellerman's Filmstudio an der Canal Street in West Hinchley ein dreizehnstöckiges Hotelgebäude zu errichten.‹

In der Canal Street wohnte Mick, und das Kellerman's Filmstudio lag gleich hinter dem Haus. Es war ein riesiges Gebäude von den Ausmaßen eines Krankenhauses, umgeben von Stacheldrahtzäunen. Nachts wurde das Gelände von Wächtern mit Hunden bewacht. Das Filmstudio war vor einem Jahr geschlossen worden. Seitdem war nur ab und zu mal ein Lieferwagen herein- und hinausgefahren, durch ein Tor, das von den Hoffenstern der Häuser in der Canal Street aus einzusehen war.

Mick hörte, wie die Wohnungstür ging. Schritte näherten sich der Küche. Die Stimme seiner Mutter hallte durch die Wohnung.

»Bist du zu Hause, Mick?«

»Ja!« rief er zurück.

Sie kam ins Wohnzimmer und ließ sich mit einem Seufzer in den alten Sessel fallen. Dann erst öffnete sie die Knöpfe ihres Mantels und zündete sich eine Zigarette an.

Mick legte die Zeitung zusammen.

Seine Mutter sagte: »Ich frage mich, wie du es schaffst, gleichzeitig fernzusehen und Zeitung zu lesen.«

Mick gab ihr darauf keine Antwort. Er sagte statt dessen: »Ich habe in der Zeitung gelesen, daß sie ein Hotel hinter unserem Haus bauen wollen. Dazu müssen sie das Filmstudio abreißen.«

»Möchtest du was essen?«

»Ein Schinkensandwich.«

Mom erhob sich aus dem Sessel, warf ihren Mantel auf das Bett in der Ecke und ging in die Küche.

Mick folgte ihr.

Er sah ihr zu, wie sie das Gas auf dem Herd anzündete und den Schinken aus dem Kühlschrank holte.

»Ich glaube nicht, daß ihnen unsere Häuser hier in der Canal Street gefallen, wenn sie erst einmal das Hotel gebaut haben«, sagte Mick.

Micks Mutter schüttelte den Kopf. »Ich

kann mir nicht vorstellen, daß sie ausgerechnet in dieser Gegend ein Hotel bauen«, sagte sie. »Wer will schon seinen Urlaub in der Canal Street verbringen?«

Mick holte zwei Teller und zwei Messer aus dem Schrank. Er dachte eine Weile nach und sagte dann: »Es kann mit der neuen Straße zusammenhängen, die hier durchführen soll. Dann liegt das Hotel ziemlich günstig zum Flughafen.«

Mom sagte nichts. Sie legte zwei Streifen Schinkenspeck in die Pfanne und schob den Stecker für den Wasserkocher in die Steckdose.

Mick sagte: »Für ein neues Hotel würde es keinen guten Eindruck machen, wenn unsere schäbigen Häuser davor stehen.«

»Du bist schon ganz schön klug für dein Alter«, seufzte Micks Mutter. »Ich vergesse immer, daß du schon fast ein Mann bist. Setz dich nun an den Tisch.«

Mick musterte seine Mutter nachdenklich. Er kannte sie und wußte, daß sie mit ihren Worten etwas Bestimmtes hatte sagen wollen. Er fragte jedoch nicht, sondern wartete, bis sie von allein anfing.

Sie belegte die Brötchenhälften mit dem gebratenen Schinkenspeck, setzte sich ihm gegenüber und stellte die Teller auf die Plastikuntersätze.

Mick schüttete Ketchup auf sein Sandwich, biß herzhaft hinein und zermalmte den knusprigen Schinkenspeck mit den Zähnen.

»Sie werden diese Häuser abreißen«, sagte seine Mutter. »Mr. Grewal hat an eine Immobiliengesellschaft verkauft.«

»Sie können keine Häuser abreißen, in denen Leute wohnen!« erwiderte Mick mit vollem Mund.

»Wir müssen ausziehen«, sagte sie. »Sie haben uns gekündigt.«

»Oh.« Mick war nicht sehr beunruhigt, aber seine Mutter schien sich darüber mächtig aufzuregen. »Dann werden wir uns eben eine neue Wohnung suchen.«

Sie schob ihren Teller über den Tisch. »Hier, nimm. Ich mag nicht mehr.« Sie stand auf, um den Tee aufzubrühen. »Du verstehst das nicht«, sagte sie. »Es ist in dieser Zeit nicht einfach, eine Wohnung zu finden.«

Sie schüttete den Tee in die Tassen und kehrte damit zum Tisch zurück. Nachdem sie sich wieder gesetzt hatte, zündete sie sich eine weitere Zigarette an. »Du weißt nicht, was ich in den letzten Tagen erlebt habe. Ich war bei Hunderten von Maklern. Sobald ich erwähnte, daß ich ein Kind habe, war die Wohnung plötzlich schon vermietet. Andere haben mich ausgelacht, wenn ich ihnen sagte, was ich zahlen kann.«

Sie trank einen Schluck Tee und sog an der Zigarette. »Ich hab' von allem so die Nase voll.« Sie erhob sich und ging wortlos in das andere Zimmer.

Mick legte das Sandwich auf den Teller zurück. Er hatte seine Mutter noch nie so niedergeschlagen gesehen. Er hatte sie wütend erlebt, wenn sie mit anderen Leuten aneinandergeraten war, er hatte sie bei einem traurigen Film im Fernsehen weinen sehen, er hatte sie sogar einmal betrunken gesehen. Aber diese hilflose Traurigkeit war neu für ihn. Sie verursachte ein Würgen in seinem Hals.

Mick stand auf, lehnte sich gegen den Türpfosten und schaute in das andere Zimmer.

Mom saß im Sessel und starrte auf das Poster von Mallorca an der gegenüberliegenden Wand. Tränen schimmerten in ihren Augenwinkeln.

Mick sagte: »Alle anderen in dieser Straße haben dieselben Probleme wie wir.«

»Die anderen Frauen haben Ehemänner«, erwiderte sie. »Es ist leichter, wenn ein Mann im Haus ist.«

»Du hast mich«, sagte Mick.

Mom lächelte unter Tränen. »Ja, ich habe dich.«

»Du denkst, daß ich nichts tun kann, nicht wahr?«

Sie schüttelte langsam den Kopf. »Nein, Mickey, das denke ich nicht.«

Mick wurde böse. »Du wirst schon sehen«, sagte er und verließ das Apartment.

ZWEITES KAPITEL

Am nächsten Tag sahen sich Izzie und Mick Williams in der Schule, aber bis zum Nachmittag sprachen sie nicht miteinander. Als auf dem Schulhof ein Spiel organisiert wurde, fragte Izzie Mick, ob er mitspielen könne.

Er wurde für dieselbe Mannschaft eingeteilt wie Mick. Beide spielten im Sturm. Es dauerte eine Weile, bis Izzie sich daran gewöhnt hatte, Fußball mit einem Tennisball zu spielen.

Beide standen im Mittelfeld, als ihr Torwart einen weiten Abstoß auf den rechten Flügel machte. Izzie rannte los, um den Ball anzunehmen. Schon während des Laufens sah er sich um und erkannte, daß Mick steil ging.

Zwei Verteidiger griffen Izzie an. Izzie lupfte den Ball über ihre Köpfe hinweg genau vor Micks Füße. Mick stoppte den Ball, drehte sich geschickt um die eigene Achse und jagte die Filzkugel ins Tor.

Nachdem ihr Zusammenspiel so gut geklappt hatte, suchten sie sich im Spiel immer wieder. Mick hatte ein fantastisches Auge für den freien Raum, und Izzies Pässe kamen wie an der Schnur gezogen.

Auf diese Weise erzielten sie drei weitere Tore.

Als die Klingel sie wieder zum Unterricht rief und die Meute zurück in die Schule drängte, legte Mick den Arm um Izzies Schultern. Er sah die anderen Jungs an und sagte: »Hat er nicht klasse gespielt?«

Das Lob ging Izzie runter wie Öl.

Als Mick an diesem Abend von seiner Tour zurückkehrte, brauchte er nicht noch einmal los. Alle Austräger waren erschienen, und so begann er damit, den Laden auszufegen. Er war noch nicht damit fertig, da kehrte Izzie von seiner Tour zurück.

»Vielleicht muß ich diesen Job bald aufgeben, Mr. Thorpe«, sagte Mick.

Mr. Thorpe schaute von seinen Büchern

auf und nahm die Brille von der Nase. »Warum?« fragte er.

»Vielleicht ziehen wir bald um. Unser Haus wird wegen eines Hotels, das sie bauen wollen, abgerissen. Wir werden uns irgendwo eine neue Wohnung suchen müssen.«

»Tut mir leid, das zu hören«, sagte Mr. Thorpe. »Warum sucht ihr euch keine Wohnung hier in der Nähe?«

»Meine Mom sagt, daß es nicht leicht sein wird, überhaupt etwas Neues zu finden.«

»Das befürchte ich auch«, murmelte Mr. Thorpe. »Ich würde es bedauern, dich zu verlieren. Warum soll das Hotel ausgerechnet bei euch gebaut werden?«

»Sie reißen das Kellerman's Filmstudio ab.«

»Ich verstehe.« Mr. Thorpe setzte seine Brille auf und wandte sich wieder seinen Büchern zu. Mick fegte den Staub durch die Tür hinaus auf die Straße und brachte den Besen in die kleine Kammer hinter dem Laden. Als er zurückkehrte, sagte Izzie zu ihm: »Mein Vater hat früher im Kellerman's Filmstudio gearbeitet. Bist du jemals drin gewesen?«

»Nein. Und jetzt kommt sowieso keiner mehr rein«, sagte Mick.

»Ich kenne einen Weg«, sagte Izzie.

Mr. Thorpe schaute wieder von seinen Büchern auf. »Wenn ihr beiden Bengel irgendeinen Unfug ausbrütet, dann tut das lieber draußen und nicht in meinem Laden«, sagte er. »Ich will nichts davon wissen.«

Die beiden grinsten und verließen den Laden. Draußen bei ihren Rädern blieben sie stehen. »Wie kommst du ins Filmstudio rein?« fragte Mick. Izzies Bemerkung hatte seine Neugier geweckt.

»Du mußt in den Kanal runter und dann durch ein Abflußrohr«, erwiderte Izzie. »Wenn du willst, zeige ich es dir.«

»Okay«, sagte Mick. »Morgen?«

Izzie nickte. »Ich hole dich ab. Wo wohnst du?«

»Canal Street. Nummer siebzehn.«

»Morgen ist Sonnabend. Ich bin gegen neun Uhr da. Du solltest alte Klamotten anziehen, denn in dem Abflußrohr ist es verdammt dreckig.«

Sie stiegen auf ihre Fahrräder und fuhren in entgegengesetzte Richtungen davon.

Mick saß auf der Treppe vor dem Hauseingang und band die Schnürsenkel seiner

Turnschuhe zu, als Izzie auftauchte. Er blinzelte in die Sonne und sagte: »Hi.« Izzie trug alte Jeans und einen Sweater mit einem Loch im Ärmel.

Mick stand auf und stieg die Stufen hinab.

»Wo kann ich mein Rad abstellen?« fragte Izzie. »Im Hof?«

»Der gehört dem Hausbesitzer«, sagte Mick. »Du kannst es da runter bringen.« Er wies auf eine Treppe, die zu einer Kellertür hinabführte.

Dort unten befand sich ein kleiner betonierter Platz, wo die Mülltonnen standen. Izzie holte ein Schloß mit einer Kette aus der Hosentasche und legte die Kette um Rahmen und Hinterradfelge, so daß niemand mit dem Rad davonfahren konnte. Dann hob er es an, um es die Treppe hinabzutragen.

»Soll ich dir helfen?« fragte Mick.

»Geht schon. Es ist ziemlich leicht«, sagte Izzie. Unten lehnte er das Rad gegen die Betonmauer und kehrte zu Mick zurück. Er hatte die Nase gerumpft. »Mann, stinkt das da unten«, sagte er.

Sie gingen die Straße hinunter, bis sie die Querstraße erreichten, an der sich der Eingang zum alten Filmstudio befand. Bald sahen sie das hohe Tor der

Einfahrt. Eine Rolle Stacheldraht bildete eine Krone darauf. Der Weg hinter dem Tor war mit Rissen und Schlaglöchern übersät und führte an ein paar Schuppen und einer kleinen Holzhütte vorbei zum Haupteingang des Filmstudios. Die Holzhütte wurde von den Männern benutzt, die das Filmstudio nachts bewachten.

Sie gingen am Drahtzaun entlang. Überall war dieser zusätzlich mit Stacheldraht gesichert. Nach etwa fünfzig Metern gelangten sie ans Ende des Geländes und erreichten die kleine Brücke, die über den Kanal führte. Sie lehnten sich über das Geländer und blickten hinab. Jetzt im Sommer war der Kanal meist ausgetrocknet. Nur ein schmales Rinnsal floß träge durch den Schlamm.

»Ich hab' mich schon immer gefragt, warum er im Sommer austrocknet«, sagte Mick.

Izzie meinte: »Er wird auf der einen Seite von einem Fluß gespeist und mündet am anderen Ende in die Themse. Wenn es keinen Regen gibt, führt der Fluß wenig Wasser, und der Kanal trocknet aus.«

Überall im Bett des Kanals lag Abfall. Mick entdeckte ein verrostetes Bettgestell, ein Stück weiter eine verbeulte Autotür und ein paar Flaschen neben einer Menge Unrat, der die gleiche graue Farbe hatte wie der Schlamm.

Das linke Ufer entlang der letzten Häuser der Canal Street bestand aus einer hohen Mauer, aber auf der anderen Seite war sie nur halb so hoch. Izzie wies auf den flachen Streifen am unteren Ende der Ufermauer, der von Sträuchern und Büschen überwuchert war. »Da müssen wir rüber«, sagte er.

Mick nickte. Das Problem war lösbar. Wo das Brückengeländer endete, reichte ein Maschendrahtzaun, der entlang des rechten Ufers verlief, bis hinab zur Ufermauer.

Er stieg auf das Geländer, richtete sich auf und klammerte sich am Zaun fest. Indem er seine Turnschuhe in die Löcher des Maschendrahtes bohrte, kletterte er vorsichtig hinab, so weit es ging. Dann sprang er. Es war ein Fall aus etwa einem Meter Höhe bis zum Ufer des Kanals. Mick landete weich und rief: »Es ist ganz einfach!«

Wenig später stand Izzie neben ihm am Ufer.

Sie gingen los. Vorsichtig bahnten sie sich ihren Weg durch Brombeersträucher und mußten aufpassen, daß sie sich nicht an Brennesseln verbrannten.

»Ich wette, hier gibt es Ratten«, sagte Mick.

»Woher willst du das wissen?« fragte Izzie skeptisch.

»Sie sind überall, wo es Wasser gibt.«

An einer Stelle wurde das Bett des Kanals fast in der ganzen Breite von einem Autowrack versperrt. Es war verrostet und hatte weder Türen noch Räder.

Izzie blickte sich um. »Wie ist das bloß hierher gekommen?« fragte er. Oberhalb der steilen Ufermauer auf der anderen Seite verlief ein Schienenstrang, und dahinter ragten die Backsteinmauern einer Fabrik auf. Es war Izzie völlig schleierhaft, wie das Autowrack hierher ins Kanalbett gelangt war.

Sie folgten dem Ufer um eine sanfte Biegung, bis sie von der Brücke aus nicht mehr gesehen werden konnten. Sie befanden sich jetzt auf der Rückseite des Filmstudios. Izzie wies nach vorn. Das flache Ufer verengte sich. Dort wuchsen keine Büsche mehr.

»Da ist es«, sagte Izzie.

Mick blickte in die Richtung und erkannte eine runde, dunkle Öffnung in der Ufermauer. Das mußte das Kanalrohr

sein, von dem Izzie gesprochen hatte. Im Winter, wenn der Kanal Wasser führte, mußte die Öffnung unter der Wasseroberfläche liegen.

Izzie sagte: »Das Rohr führt mitten ins Filmstudio.«

Mick sah sich um. Er entdeckte eine verrottete schmale Planke, die von einem Baugerüst stammte. Als er sie aufhob, sah er eine Unzahl von krabbelnden Insekten, die sich darunter verborgen hatten.

Er schleppte die Planke bis zum Ende des schmalen Ufers und sagte zu Izzie: »Damit können wir das Rohr erreichen, ohne daß wir nasse Füße kriegen.«

Er hielt die Planke senkrecht vor sich und ließ sie dann nach vorn kippen. Sie klatschte mit einem schmatzenden Laut in den Schlamm, so daß das Ende genau vor dem Abflußrohr lag.

»Gute Idee«, sagte Izzie. Er faßte unter den Sweater und holte eine kleine, dünne Taschenlampe aus der Brusttasche seines T-Shirts. »Ich gehe besser als erster«, sagte er.

Er nahm die Lampe in die linke Hand, mit der rechten stützte er sich an der Ufermauer ab, als er auf die Planke trat. Sie sackte etwas im Schlamm ein, aber nicht so tief, daß seine Schuhe naß geworden wären. Am anderen Ende der Planke knipste er die Taschenlampe an und steckte sie zwischen die Zähne – so, daß sie nach vorn leuchtete. Er griff nach den Rändern des Abflußrohrs und schob sich mit Kopf und Schultern hinein.

Mick sah, daß das Rohr für sie beide groß genug war. Ein Erwachsener dagegen hätte wahrscheinlich Schwierigkeiten gehabt, sich hineinzuzwängen.

Izzie verschwand ihm Rohr. »Komm schon!« hallte seine Stimme hervor. Mick balancierte über die Planke und stand Sekunden später vor dem Rohr. Ein modriger Geruch drang daraus hervor.

Als er hineinkroch, um Izzie zu folgen, stellte er zufrieden fest, daß es im Rohr ziemlich trocken war. Offenbar hatte es schon lange kein Wasser mehr geführt.

Das Licht von draußen versickerte nach ein paar Metern, und nur der dünne Strahl von Izzies Taschenlampe wies ihnen den Weg.

Die Luft wurde kälter, und der Mörtel der gemauerten Kanalisation begann sich feucht anzufühlen.

Mick schoß plötzlich durch den Kopf, was er Izzie über die Ratten erzählt hatte. Ein Schauer lief ihm über den Rücken.

Ratten griffen sogar Menschen an, wenn sie sich in die Enge getrieben fühlten, das wußte er.

Es ging ganz sacht bergauf. Es schien schon eine Ewigkeit vergangen zu sein, als Izzie sagte: »Da sind wir.«

Mick blinzelte über Izzies Schulter hinweg. Der dünne Strahl von Izzies Lampe leuchtete in einen Schacht, der aufwärts führte.

Izzie sagte: »Da oben ist das Einstiegsloch. Ich muß auf deine Schultern steigen.« Er richtete sich langsam auf, und sein Oberkörper verschwand in dem Schacht.

Mick kroch zwischen Izzies Beine und kniete sich hin. Er faßte nach Izzies Füßen, führte sie auf seine Schultern und erhob sich dann langsam, indem er sich mit den Händen an den Wänden des Schachts hinaufschob.

Den Kopf in den Nacken gelegt, starrte er nach oben.

Izzie hatte eine Metallplatte ertastet – den Einstiegsdeckel des Schachts, wie Mick vermutete.

»Hilf mir, dagegenzudrücken!« keuchte Izzie.

Mick stemmte die Hände gegen die Schachtwände und zog die Schultern hoch, so daß er dem Druck von Izzies Füßen standhalten konnte. Plötzlich ließ der Druck nach.

»Ich hab's geschafft!« stieß Izzies atemlos hervor.

Die Füße verschwanden von Micks Schultern. Izzie zog sich durch die Schachtöffnung. Dann tauchte sein Gesicht über Mick auf. »Ich ziehe dich hoch«, sagte er und reichte Mick die Hand.

Mick stemmte die Füße gegen die eine Seite der Schachtwand, den Rücken gegen die andere. Mit Izzies Hilfe schob er sich langsam höher, bis seine Hände den Rand erreichten und er sich selbst hochziehen konnte.

Es war dunkel um sie herum. Sie folgten dem dünnen Lampenstrahl, den Izzie über die Wände wandern ließ. Sie befanden sich in einer Art Lagerraum. Die Wände waren mit Spinden vollgestellt. Izzie sagte: »Ich vermute, daß sich dieser Ausstieg früher außerhalb befunden hat. Wahrscheinlich ist dieser Teil irgendwann mal ans Hauptgebäude angebaut worden.«

Der Lampenstrahl traf eine Tür. Izzie ging darauf zu und öffnete sie. Mick folgte Izzie auf einen Korridor hinaus. Überall lag der Staub fingerdick, und von der Decke hingen Spinnweben herab.

»Der Gang führt rund durch das ganze Gebäude«, sagte Izzie. Er flüsterte, obwohl es keinen Grund dafür gab. »Außen herum befinden sich die Büros, innen die Studios. Sie haben keine Fenster.«

Er richtete den Strahl seiner Taschenlampe auf eine gegenüberliegende Tür. Darüber befand sich ein Schild. Darauf stand: ›Studio B. Eintritt strengstens untersagt, wenn das rote Licht leuchtet!‹ Izzie trat auf die Tür zu und öffnete sie. Mick folgte ihm.

Izzie fand einen Schalter. Licht flammte auf, und Mick fand sich plötzlich mitten im Wilden Westen wieder.

Genau vor sich sah er einen Eingang mit Schwingtüren, über dem ein Schild mit der Aufschrift ›Saloon‹ hing. Über die Schwingtüren hinweg konnte er eine Theke erkennen, auf der eine Flasche und ein paar Gläser standen. Der Fußboden sah aus, als würde er aus Holzbohlen bestehen, aber Mick erkannte, daß sie nur auf das Linoleum aufgemalt waren. Ein halbes Dutzend Holztische mit wacklig aussehenden Stühlen darum befanden sich auf der anderen Seite.

»Phantastisch!« stieß Mick keuchend hervor. Er streckte die Brust raus, verhakte die Daumen im Hosenbund und marschierte mit wiegendem Gang durch die Schwingtüren auf die Theke zu. Dort ließ er die Faust auf die Platte krachen und sagte mit rauher Stimme und breitem Texasslang: »Whisky!«

»Stark, was?« sagte Izzie. Er durchquerte den Saloon und trat auf die Wand zu, die eigentlich die Rückseite des Saloons sein mußte. Doch hier standen einige moderne Schränke. Izzie öffnete einen und holte einen Stetson hervor.

Er setzte ihn auf den Kopf und zog das Sturmband stramm. Der Hut war viel zu groß für ihn, doch Izzie hatte ihn weit in den Nacken geschoben, so daß er sich auf dem Kopf hielt.

Mick öffnete einen anderen Schrank und stieß einen Pfiff aus. »Revolver!« sagte er. Er nahm einen an sich. Er war überraschend groß und schwer und glänzte ölig. Mick fand auch einen Gurt mit Holster und schlang ihn sich um die Hüften. Izzie nahm einen zweiten und tat es ihm nach.

Grinsend blickten sie in den großen Spiegel hinter der Theke. Sie trugen jetzt Hüte und einen Revolver im Holster, aber noch fehlte etwas. Sie wühlten wieder in den Schränken herum, fanden Stiefel mit Sporen und zogen sie an.

Mick ließ sich auf einem Stuhl im Saloon nieder, kippte ihn und legte die Stiefel mit den Sporen auf die Tischplatte. Er kniff ein Auge zusammen.

»Mein Name ist Billy the Kid«, quetschte er hervor, »wer mich nur schief ansieht, ist ein toter Mann!«

Izzie trat durch die Schwingtüren nach draußen, dann drehte er sich um, stieß sie wieder auf und trat einen Schritt in den Saloon hinein. Hinter ihm pendelten die Türflügel wild hin und her. Er warf einen Blick zurück und rief einem Jungen, den es nur in seiner Phantasie gab, zu: »He, Sohn! Bring mein Pferd in den Mietstall!« Dann stiefelte er weiter zur Theke, griff nach der Flasche und tat, als würde er sich daraus einen Whisky in ein Glas einschenken.

»He, Barkeeper«, sagte er mit schiefgezogenem Mund, »ich bin fremd in dieser Gegend. Ich bin auf der Suche nach einem Burschen, der sich Billy the Kid nennt. Sein richtiger Name ist William Bonney. Auf seinen Kopf ist eine Belohnung von zweitausend Dollar ausgesetzt. Ich bin seit Wochen hinter ihm her. Hat er sich hier vielleicht blicken lassen?«

Mick zog seinen Stetson tief in die

Stirn. »Redest du von mir, Mister?« fragte er schleppend.

Izzie drehte sich provozierend langsam um.

»Zieh, Billy!« sagte er.

Mick schwang die Beine vom Tisch und sprang auf. Hinter ihm polterte der Stuhl auf den Boden. Izzies Rechte zuckte zum Holster hinab und klatschte auf den Griff des Revolvers. Doch Mick hatte seine Kanone eher heraus, krümmte den Finger um den Abzug und drückte ab.

Ein fürchterlicher Knall hallte durch den Saloon, und die Flasche auf der Theke zerplatzte in tausend Stücke.

Izzie schrie erschrocken auf.

Die beiden Jungen starrten einander an. Micks Gesicht war bleich geworden. Er blickte auf den Revolver in seiner Hand und sagte kehlig: »Ich hab' nicht damit gerechnet, daß er mit richtigen Kugeln geladen ist.«

»Scheiße«, flüsterte Izzie. Sein Blick glitt über die Glasscherben auf dem Boden und die gelbe Flüssigkeit, die von der Theke tropfte. »Scheiße«, sagte er noch einmal.

Dann, in der Stille nach der Schußdetonation, vernahmen sie ein Geräusch. »Hast du das gehört?« flüsterte Izzie.

»Psst!« machte Mick.

Das Geräusch wurde lauter. Es war ein Brummen, wie von einem Motor. Mick wußte plötzlich, was das war. Es mußte der Lieferwagen sein, den er so oft auf das Filmstudiogelände hatte fahren sehen.

»Schnell«, krächzte er. Sie rissen sich die Cowboysachen herunter, ließen sie einfach auf den Boden fallen und zogen sich hastig die Turnschuhe an. Es schien Ewigkeiten zu dauern.

Dann huschten sie zur Tür hinüber. Izzie knipste das Licht aus und öffnete die Tür des Studios. Der Korridor lag in völliger Dunkelheit da.

Sie waren schon halb auf dem Gang, als sie das Licht am Ende des langen Korridors entdeckten, das sich von rechts näherte. Es tanzte hin und her, als ob es von einer Taschenlampe stammte, die jemand in der Hand hielt. Mick bekam eine Gänsehaut.

Sie sahen ein zweites Licht, dann hörten sie eine Stimme. Das riß sie aus ihrer Erstarrung. Mit einem Satz sprangen sie zurück ins Studio B, und Izzie drückte die Tür lautlos ins Schloß.

Sie hielten den Atem an, als sich draußen die Stimmen näherten. Mick flüsterte: »Was tun wir, wenn sie hier reinkommen?«

»Wir ergeben uns.«

»Wir können doch nicht...«

»Still!«

Die Schritte waren jetzt deutlich zu hören. Sie verstummten genau vor der Tür. Eine Stimme sagte: »...hab' gedacht, der alte Narr wollte nur einen Versuch starten, so daß ich...« Die Männer gingen weiter. Langsam verklangen die Schritte.

Mick stieß seinen Atem langsam aus. Plötzlich zuckte über ihnen Licht auf. Izzie legte den Kopf in den Nacken und erkannte, daß es aus einem anderen Studio kam. Es gab lediglich eine Trennwand zwischen diesem und dem Nachbarstudio, die nicht bis zur hohen Decke reichte. Die Männer waren in das Nachbarstudio gegangen und hatten dort das Licht eingeschaltet.

Izzie öffnete wieder die Tür zum Korridor. Plötzlich schwang eine Tür im Hintergrund des Saloons auf, die ins Nachbarstudio führte. Licht fiel in den Saloon. Ein Mann sagte: »Vielleicht hab' ich es hier irgendwo hingelegt.«

Die beiden Jungen waren blitzschnell im Gang. Sie jagten auf die Tür zu, die in den Lagerraum führte, rissen sie auf und sprangen in den dunklen Raum. Izzie knipste seine Taschenlampe an und ließ den Lichtstrahl über den Boden gleiten, bis er den Schachteinstieg erfaßte. Er lief darauf zu, schwang sich hinein und ließ sich fallen. Mick folgte ihm auf dem Fuße.

Sie krochen hastig durch das Abflußrohr und achteten nicht darauf, daß sie sich Ellbogen und Knie an den rauhen Wänden stießen. Dann war das Tageslicht vor ihnen.

Izzie ließ sich aus dem Rohr fallen und klatschte in den Kanalschlamm. Mick fiel auf ihn drauf.

Die Planke war inzwischen im Schlamm versunken. Sie rappelten sich auf, wateten durch den Matsch und halfen sich gegenseitig auf die schmale Uferbank hinauf.

Atemlos, aber in Sicherheit, ließen sie sich nieder und blickten einander an. Sie waren beide dreckverschmiert.

Erleichterung durchflutete sie und brach sich Bahn in einem befreienden Lachen.

DRITTES KAPITEL

Zu Micks Glück war seine Mutter nicht zu Hause. Er zog die verdreckte Hose und das Hemd aus und wusch sie im Spülbecken in der Küche. Dann hängte er beides im Flur vor dem elektrischen Heißluftheizer auf einer Stuhllehne zum Trocknen auf.

Anschließend wusch er sich den Schmutz aus den braunen Haaren. Dazu war er hinab in das Badezimmer im Stock unter ihnen gegangen, das seine Mutter und er sich mit dem irischen Ehepaar teilten. Da er kein Geld für den Gasboiler hatte, wusch er sich mit kaltem Wasser.

Zurück in der Wohnung, setzte er sich vor den Heißluftheizer auf den Boden und wartete, bis Haare und Kleidung trocken waren. Er hätte seine andere Hose anziehen können, aber die wollte er für später schonen, wenn die alte aufgetragen war. Für Izzie war sicher alles einfacher, dachte er. Er hatte wahrscheinlich eine Menge anderer Hosen. Mick hatte nur zwei.

Bald war er des Wartens müde. Er fühlte seine Sachen. Sie waren noch nicht ganz getrocknet, aber es mußte auch so gehen. Er zog sich an und verließ die Wohnung, um sich vor der Haustür auf die Treppe zu setzen. Der Sonnenschein würde die klamme Feuchtigkeit aus seinen Sachen vertreiben.

Er sah eine Weile ein paar jüngeren Kids zu, die auf der Straße Cricket spielten. Sie hatten ein kleines Tor auf eine Mauer gemalt und stritten heftig, ob der Ball den Torstab getroffen hatte oder nicht.

Ein verschmutzter weißer Ford bog ein Stück die Straße hinab um die Ecke und hielt. Zwei Männer stiegen aus. Mick schaute neugierig hinüber. Es waren Fremde. Einer von ihnen war ein ziemlich junger Bursche in einem eleganten Anzug.

Der ältere Mann trug einen Hut und hielt einen Fotoapparat in der Hand.

Sie blieben ein paar Minuten lang neben dem Ford stehen. Mrs. Briggs, die in dem Haus wohnte, das dem Eingang des Filmstudios am nächsten lag, kam die Straße entlang. Sie schleppte zwei schwere Einkaufstaschen. Die Männer hielten sie an.

Mick sprang die Stufen hinab auf den Gehsteig und schlenderte näher an den Ford heran. Ein paar Meter entfernt lehnte er sich gegen einen Laternenpfahl. Er war nahe genug, um zu verstehen, was die Männer sagten.

Der junge Kerl erklärte Mrs. Briggs: »Wir sind von den *Hinchley News*. Mein Name ist Nigel Parsons, und das ...«, er wies auf den Mann mit dem Hut, »... ist unser Fotograf Mr. Cotton.«

»O ja?« sagte Mrs. Briggs. Sie stellte ihre Einkaufstaschen ab und betrachtete die beiden Männer mißtrauisch. Nigel Parsons fuhr fort: »Wir sind hier, weil wir erfahren möchten, was die Leute in der Canal Street darüber denken, daß auf dem Kellerman's Filmstudio ein Hotel gebaut werden soll.«

»Es ist ein Skandal«, sagte Mrs. Briggs.

»Warum sagen Sie das?« fragte der Reporter.

Die alte Mrs. Arkwright öffnete ihre

Haustür und tat, als wolle sie ein Staubtuch ausschütteln, dabei war sie nur neugierig, was die Männer und Mrs. Briggs miteinander redeten.

Mrs. Briggs rief ihr zu: »Kommen Sie doch mal eine Minute her, Mrs. Arkwright. Die Herren sind von der Zeitung. Sie fragen nach dem Kellerman's Filmstudio.«

»So? Tun sie das?« sagte Mrs. Arkwright ärgerlich. Sie stieg die Treppe vor der Haustür herab. »Hören Sie mal, junger Mann«, sagte sie und stieß dem Reporter den Zeigefinger gegen die Brust. »Sie haben uns allen die Wohnung gekündigt, jedem einzelnen von uns ...«

Mrs. Briggs unterbrach sie: »Sehen Sie, die meisten Häuser hier in der Canal Street gehören zum Filmstudio. Nur ein paar gehören privaten Besitzern, aber die hatten keine andere Wahl und mußten an die Immobiliengesellschaft verkaufen, die das Hotel bauen will.«

Mick hatte genug gehört und schlenderte zu seinem Haus zurück. Über ihr Abenteuer im Filmstudio hatte er ganz vergessen, daß auch ihr Haus abgerissen werden sollte – und das Versprechen, das er seiner Mutter gegeben hatte, etwas dagegen zu unternehmen.

Er beobachtete die Männer von der *Hinchley News.* Eine kleine Menschenmenge hatte sich eingefunden. Nigel Parsons hatte sein Notizbuch hervorgeholt und schrieb auf, was die Leute ihm erzählten.

Was kann ich tun? dachte Mick.

Der Fotograf war ein Stück zur Seite getreten und fotografierte die Frauen, die mit dem Reporter redeten.

Mick konnte sich nicht vorstellen, daß ein Bericht in der Zeitung etwas an der Situation ändern würde. Aber wie konnte man etwas daran ändern?

Al Capone hätte ein paar seiner Jungs vorbeigeschickt, um die Verantwortlichen unter Druck zu setzen, dachte Mick. Aber das war eine nutzlose Idee. Er fragte sich, wer der Mann war, der das Kellerman's Filmstudio und die dazugehörigen Häuser gekauft hatte. Vielleicht hatte der einen schwachen Punkt, eine Art Achillesferse.

Ich könnte versuchen, etwas über den Mann herauszufinden, dachte Mick. Zumindest wäre das ein Anfang. Er nickte und kehrte zu den Leuten zurück, die bei dem Reporter standen.

Mrs. Briggs sagte gerade: »Hören Sie, junger Mann. Ich beobachte das Filmstudio, seit es geschlossen wurde. Da gibt es einen Lieferwagen, der öfter mit Vollgas hier vorbeifährt und vor dem Eingang des Filmstudios hupt – manchmal mitten in der Nacht. Ich hab' genau aufgeschrieben, wann und wie oft – die Tage und auch die Uhrzeit. Ich kann Ihnen sagen ...«

Mich unterbrach sie, indem er mit lauter Stimme sagte: »Mr. Parsons?«

Der Reporter drehte sich nach ihm um. Er schien froh zu sein, daß jemand Mrs. Briggs Redefluß unterbrochen hatte. »Ja, mein Junge?« fragte er.

»Wissen Sie vielleicht, wer das alles hier gekauft hat?«

»Ja. Es ist eine Immobiliengesellschaft, die *Hinchley Baugesellschaft*.«

»Danke.« Mick ging davon. Mit der Auskunft konnte er nicht viel anfangen.

Er sah seine Mutter. Sie kehrte vom Einkaufen zurück. Er traf sich mit ihr vor dem Haus, und sie gingen zusammen hoch.

Izzie und sein Vater fuhren am Sonntagmorgen zur Canal Street. Izzie zeigte ihm das Haus, in dem Mick wohnte, und sein Vater parkte vor dem Eingang.

Die Haustür war offen, und sie traten ein. Eine indische Lady musterte sie vom anderen Ende des Hausflurs.

»Zu wem wollen Sie?« fragte sie.

»Ich suche Mrs. Williams«, erwiderte Mr. Izard.

»Oberster Stock«, sagte die Inderin und verschwand in ihrer Wohnung. Izzie und sein Vater stiegen die Treppe hinauf.

Oben blieben sie vor einer getäfelten braunen Tür stehen. »Hier muß es sein«, sagte Mr. Izard.

Er klopfte mit den Knöcheln der rechten Hand gegen das Holz. Nach einem Moment wurde die Tür von einer Frau in einem fadenscheinigen rosa Hausmantel geöffnet. Izzie betrachtete sie und stellte fest, daß sie viel jünger aussah als seine eigene Mutter. Ihr Haar war ungekämmt, und sie hatte keine Strümpfe an, aber sie würde sicher sehr hübsch aussehen, wenn sie gut gekleidet war, dachte er.

»Mrs. Williams?« fragte Mr. Izard.

»Ja.«

Micks Mutter sah überrascht aus. Sie blickte einen Moment auf Izzie, dann sagte sie: »Oh, du mußt Izzie sein.«

Izzie schaute zu seinem Vater auf und sagte: »So nennen sie mich alle, Dad.«

»Kommen Sie doch herein«, sagte Mrs.

Williams. Als sie Izzie und seinen Vater durch die Küche führte, sagte sie ein wenig verlegen: »Es ist nicht sehr aufgeräumt hier. Sonntags stehe ich immer erst spät auf.«

»Ich hoffe, wir haben Sie nicht aus Ihrem Schlaf gerissen«, sagte Mr. Izard.

Mick lag im anderen Zimmer auf dem Boden und sah sich einen Tarzanfilm im Fernsehen an. »Hallo, Izzie«, sagte er überrascht und sprang auf. Seine Mutter schaltete den Fernseher aus.

Izzie blickte sich verwirrt um. Er hätte nicht sagen können, ob dies das Wohn- oder das Schlafzimmer war. Dann begriff er, daß es beides in einem war.

Sie setzten sich. Izzies Vater sagte: »Randall erzählte mir, daß man Ihnen die Wohnung gekündigt hat, weil auf dem Gelände des Filmstudios ein Hotel gebaut werden soll.«

»Ja, das stimmt.«

»Deshalb bin ich mit Izzie hier. Ich habe nämlich ebenfalls ein Interesse daran, zu verhindern, daß dieses Hotel hier hochgezogen wird. Ich habe mich mit ein paar anderen Leuten aus der Filmbranche zusammengetan, damit das Kellerman's Filmstudio seine Pforten wieder öffnen kann. Wir haben schon einige Vorschläge unterbreitet, obwohl wir noch nicht wissen, wie wir das Geld zusammentreiben sollen, das dafür benötigt wird. Aber wenn die Baugesellschaft die Genehmigung zum Bau des Hotels erhält, werden die Grundstückspreise in dieser Gegend explodieren, und wir können unsere Pläne vergessen.«

Micks Mom sagte: »Gibt es denn überhaupt eine Möglichkeit, den Bau zu verhindern?«

»Ja. Der Stadtrat muß erst die Genehmigung erteilen. Wir haben einige wichtige Leute unter uns, die versuchen, Einfluß zu nehmen. Wenn alle Bewohner der Canal Street zusammenstehen und gegen den Hotelbau protestieren, hätten wir vielleicht eine Chance.«

Micks Mom zündete sich eine Zigarette an. »All meine Erfahrungen sagen mir, daß Geld eine Menge mehr zählt als die Meinung einfacher Menschen, wenn es um solche Dinge wie hier geht«, sagte sie.

»Vielleicht haben Sie recht«, sagte Mr. Izard. »Aber es ist einen Versuch wert. Das beste wäre, Sie würden unter Ihren Mitbewohnern eine Art Komitee bilden. Es könnte mit Ihrem Stadtabgeordneten sprechen und ihm klarmachen, daß Sie gegen den Hotelplan vorgehen werden.«

Mrs. Williams blies eine Wolke Tabakrauch aus. »Ich glaube nicht, daß ich die Richtige dafür bin, ein Komitee zu gründen und mit Abgeordneten zu sprechen«, sagte sie, »aber ich werde mit einer Liste herumgehen und die Leute bitten, die Eingabe zu unterschreiben. Das könnte Erfolg haben, und es kostet nichts.«

»Gut«, sagte Mr. Izard. »Ich glaube, daß sich keiner der Anwohner ausschließen wird, wenn nur einer die Initiative übernimmt.« Er erhob sich. »Wenn ich Ihnen auf irgendeine Weise helfen kann, zögern Sie nicht, sich an mich zu wenden.«

»Möchten Sie eine Tasse Tee?« fragte Mrs. Williams.

»Das ist sehr nett von Ihnen, aber ich muß zurück.«

Mrs. Williams begleitete Mr. Izard und Izzie hinaus. Mick rief hinter ihm her: »Bis morgen, Izzie!«

»Bis morgen«, rief Izzie zurück.

Als er und sein Vater im Auto saßen, sagte er: »Micks Mutter ist nett.«

»Ja«, sagte sein Vater leise, »aber in was für einem Loch müssen sie leben.«

»Warum wollen sie dann unbedingt dort wohnen bleiben?«

Sein Vater schaute ihn an. »Es ist ihr Zuhause, Randall.«

Mick verbrachte den ganzen Montag damit, darüber nachzudenken, was er gegen die Hotelpläne unternehmen konnte. Seine Lehrerin ertappte ihn beim Träumen, aber er kümmerte sich nicht weiter darum. Er hatte wahrhaftig Wichtigeres im Kopf als Kaffeeplantagen in Kenia.

Er glaubte nicht daran, daß Mr. Izards Vorschläge zum Erfolg führten. Er war sicher, daß Eingaben und Komitees ebenso nutzlos waren wie der Bericht und die Fotos im Lokalteil der Zeitung.

Doch auch am späten Nachmittag, als er Mr. Thorpes Laden ausfegte, war ihm noch nichts eingefallen. Izzie wartete darauf, daß er fertig wurde.

»Dein Vater hat ziemlich lange Haare – für einen Vater«, sagte Mick.

»Viele Leute beim Film tragen ihre Haare lang«, erwiderte Izzie.

»Warum?«

»Keinen Schimmer.«

Mr. Thorpe murmelte: »Beeil dich, Mick. Ich möchte schließen. Ich muß heute noch zur Handelskammer.«

»Was ist das – die Handelskammer?« fragte Mick.

»Oh, das ist die Vereinigung aller Geschäftsleute in der Stadt. Man trifft

sich dort ab und zu und diskutiert über seine Probleme.«

Mick starrte Mr. Thorpe eine Weile an. Eine Idee schoß ihm durch den Kopf.

»Nun beeil dich schon«, sagte Mr. Thorpe.

Mick fegte den Staub auf die Straße hinaus und stellte den Besen weg. Izzie und er verließen den Laden.

»Habt ihr Telefon zu Hause?« fragte Mick seinen Freund.

»Klar.«

»Hör zu. Ich hab' eine Idee. Erlaubt deine Mutter, daß ich von eurem Apparat aus jemanden anrufe?«

»Sie muß es ja nicht wissen«, erwiderte Izzie. »Du kannst vom Apparat im ersten Stock aus telefonieren.«

»Prima.« Sie schwangen sich auf ihre Fahrräder und fuhren zu Izzies Haus. Auf dem Weg hielten sie an einer Telefonzelle. Mick ging hinein und suchte die Nummer der *Hinchley Baugesellschaft* heraus. Er prägte sich die Nummer ein.

Izzies Mutter war im Wohnzimmer, als sie das Haus betraten. Izzie stellte Mick vor. Mrs. Izard gab Mick freundlich lächelnd die Hand. Izzie sagte: »Wir gehen nach oben. Ich will Mick meine Eisenbahn zeigen.«

»Ja, tu das«, sagte seine Mutter.

Die Jungen stiegen die Treppe in den ersten Stock hinauf und gingen in Micks Spielzimmer. Izzie schaute auf seine Uhr. »Du kannst Viertel nach sechs telefonieren«, sagte er, »dann sieht sich meine Mutter immer die Nachrichten im Fernsehen an. Um diese Zeit wird sie garantiert nicht raufkommen.«

Sie spielten eine Weile mit Izzies elektrischer Eisenbahn. Die Schienen waren auf einer Platte montiert. Izzie hatte drei Loks und etwa ein Dutzend Waggons. Es gab Tunnels, Bahnhöfe, Bahnübergänge und eine Menge kleiner Häuser. Mick brachte es soviel Spaß, damit zu spielen, daß er es bedauerte, als Izzie ihn unterbrach und sagte: »Es ist soweit. Du kannst anrufen.«

Sie gingen in das Elternschlafzimmer, und Mick wählte die Nummer, die er sich eingeprägt hatte. Es tutete eine ganze Weile.

Izzie sagte: »Vielleicht haben die längst Feierabend.«

Doch da meldete sich eine Stimme: »Hinchley Baugesellschaft. Sie wünschen bitte?«

Mick gab seiner Stimme einen festen Klang. »Es tut mir leid, Sie zu behelligen«, sagte er, »aber ich muß für die Schule eine Arbeit über die Handelskammer von Hinchley schreiben. Könnten Sie mir sagen, wer der Chef Ihrer Gesellschaft ist?«

»Gern«, sagte die Frau am anderen Ende der Leitung. »Sein Name ist Mr. Norton Wheeler. Er ist ein sehr geachteter Geschäftsmann in Hinchley. Sicherlich wirst du ihn in deinem Bericht erwähnen wollen, oder?«

»Norton Wheeler«, sagte Mick. »Ich danke Ihnen für die Auskunft.«

»Es war mir ein Vergnügen. Wenn du sonst noch Informationen brauchst, ruf mich ruhig wieder an.«

Mick verabschiedete sich und hängte auf. Izzie sagte: »Toll! Das war stark von dir.«

Mick war mit sich zufrieden. »Nun wissen wir, wer unser Haus abreißen will«, sagte er. »Jetzt müssen wir mehr über diesen Wheeler herausfinden.«

Sie kehrten zurück ins Spielzimmer. Izzie sagte: »Wie willst du das anstellen?«

Mick runzelte die Stirn. »Ich muß erst darüber nachdenken«, sagte er. Seine erste Begeisterung erhielt einen Dämpfer. Er nahm einen Güterwagen auf und drehte ihn nachdenklich in den Händen.

»Ich weiß, was ein Spion tun würde«, sagte Izzie.

»Was?«

»Sein Haus beobachten.«

Mick dachte über den Vorschlag nach. »Besser als gar nichts«, murmelte er. »Wir müssen irgendeinen Anhaltspunkt haben. Aber erst einmal müssen wir herausfinden, wo er wohnt.«

»Das Telefonbuch«, sagte Izzie.

»Klar. Wir fahren zurück zur Telefonzelle. Ich möchte nicht, daß deine Mutter mißtrauisch wird, wenn wir hier nachsehen.«

Sie schalteten den Trafo der Eisenbahn aus und verließen das Haus. Als sie die Straße hinabfuhren, sagte Izzie: »Vielleicht hat er eine Geheimnummer.«

»Und was bedeutet das?«

»Daß er nicht im Telefonbuch steht.«

»Warum sollte ein Mann ein Telefon haben und nicht im Telefonbuch stehen?«

»Um zu verhindern, daß ihn jeder Hans und Franz anruft.«

Sie hielten an der Telefonzelle, lehnten ihre Räder dagegen und gingen hinein. Mick schlug das Telefonbuch auf und knurrte: »Du stehst besser hier drin, Mr. Wheeler!«

Es gab Dutzende von Wheelers. Mick

fuhr mit dem Finger die Spalte hinab, aber keiner von ihnen hieß mit Vornamen Norton.

»Oh, verdammt!« stieß Mick enttäuscht hervor.

»Moment, so schnell geben wir nicht auf«, sagte Izzie. »Wie viele N. Wheelers gibt es?«

Mick zählte. »Sechs.«

»Gut. Wohnen irgendwelche davon in Hinchley?«

Mick las die Adressen, die hinter den Namen standen. Izzie peilte über seine Schulter. »Da!« rief er. Die Adresse lautete Clifton Drive 49. Der Name war Wheeler, N. Und hinter dem Namen standen die Buchstaben F.R.C.S.

»Was bedeutet F.R.C.S.?« fragte sich Mick laut.

»Warte einen Moment.« Izzie kratzte sich nachdenklich am Kopf. »Fellow of the Royal College of – Surgeons *(Mitglied des Königlichen Verbandes der Chirurgen)*!« rief er triumphierend. Doch dann zog er ein langes Gesicht. »Das bedeutet, daß er ein Arzt ist«, sagte er enttäuscht.

»Dann ist es nicht unser Wheeler«, sagte Mick. »Gibt es noch einen anderen Wheeler in Hinchley?«

Sie schauten erneut nach. Die letzte

Adresse in der Reihe mit den N. Wheelers lautete King Edward Avenue 3, Hinchley.

»Ich denke, das ist er«, sagte Izzie.

»Wie können wir uns vergewissern?« fragte Mick.

Izzie dachte einen Augenblick lang nach. »Wir rufen die Nummer an«, sagte er dann.

»Wir können euer Telefon nicht noch einmal benutzen«, murmelte Mick. »Und ich hab' nicht einen Penny bei mir.«

Izzie drehte seine Taschen um. Er förderte ein Taschentuch, ein Stück Bindfaden, zwei Pfefferminzbonbons, eine Streichholzschachtel, einen kleinen Schraubenzieher – und eine Zehnpencemünze zutage.

Er nahm den Hörer ab und wählte die Nummer aus dem Telefonbuch. Die Hörmuschel hielt er schräg von seinem Ohr ab, so daß auch Mick etwas verstehen konnte.

Eine Frauenstimme meldete sich. »Hallo?« sagte sie.

Izzie steckte die Münze in den Schlitz, dann hielt er die Hand über die Sprechmuschel. »Was soll ich sagen?« flüsterte er.

Mick nahm ihm den Hörer aus der Hand. Izzie weiß zwar über vieles Bescheid, dachte er, aber in manchen Dingen ist er ein bißchen blöd.

»Ist Mr. Wheeler zu sprechen?« fragte er.

»Nein, er ist noch im Büro«, sagte die Frau. »Kann ich Ihnen vielleicht helfen?«

»In der Hinchley Baugesellschaft?« fragte Mick mit belegter Stimme.

»Sicher. Sie können ihn dort erreichen.«

»Danke.« Mick legte den Hörer auf. »Es ist der Richtige«, sagte er.

»Glück gehabt«, sagte Izzie.

»Können wir auch langsam mal gebrauchen«, erwiderte Mick grimmig.

Am nächsten Tag trafen sie sich in Mr. Thorpes Zeitungsladen, nachdem sie ihre Tour beendet hatten. Sie borgten sich von Mr. Thorpe einen Stadtplan aus, legten ihn auf den Tresen und suchten die King Edward Avenue. Die Straße war nur einen Kilometer vom Zeitungsladen entfernt.

Bevor sie losfuhren, machten sie einen Plan. Izzie sagte, daß das, was sie vorhatten, Überwachung genannt wurde. Geheimagenten mußten so etwas täglich tun. »Es kann verdammt langweilig sein«, sagte er. Mick fand das jedoch alles sehr aufregend.

Die King Edward Avenue war eine

ruhige Straße, die von Bäumen gesäumt wurde. Die Häuser waren durchweg groß und sahen teuer aus.

Wheelers Haus hatte vor der gesamten Front einen Garten mit vielen Sträuchern. Eine Doppelgarage war an der Seite angebaut.

Das erstemal fuhren Izzie und Mick am Haus vorbei. Eine Querstraße weiter bogen sie ein und fuhren die Parallelstraße hinab, um zu erkunden, ob es einen Hintereingang gab, durch den man das Haus betreten oder verlassen konnte. Sie entdeckten jedoch keinen.

Sie stellten ihre Räder ein paar Häuser von Wheelers Grundstück entfernt ab. Um nicht aufzufallen und kein Mißtrauen zu erwecken, spielten sie mit einem Tennisball, den sie immer wieder gegen eine Gartenmauer kickten.

In der nächsten halben Stunde passierte nichts. Mick begriff, was Izzie damit gemeint hatte, daß eine Überwachung meist langweilig war. Doch dann fuhr eine blaue Jaguarlimousine die King Edward Avenue herauf und bog in die Auffahrt zu der Doppelgarage ein. Mick sah für einen Moment die schattenhaften Umrisse eines dunkelhaarigen Mannes hinter dem Steuer.

Sie hielten mit dem Spielen inne. »Ich muß ihn mir genauer ansehen«, sagte Mick.

»Du weißt ja noch nicht einmal, ob er das überhaupt ist«, warf Izzie ein.

»Ich werde es herausfinden«, sagte Mick entschlossen. Er schnappte sich den Tennisball und kickte ihn über die Gartenmauer in den Garten. Dann lief er über die Straße.

Der dunkelhaarige Mann stieg gerade aus dem Wagen.

Mick rief ihm zu: »Darf ich meinen Ball aus dem Garten wiederholen, Mr. Wheeler?«

Der Mann zog die Stirn in Falten. »Meinetwegen. Aber geh dann ein Stück weiter und spiel woanders«, sagte er unfreundlich.

»Danke.« Mick tauchte in die Büsche, entdeckte den Tennisball und kehrte über die Einfahrt zurück zur Straße. Am offenstehenden Tor drehte er sich noch einmal um und prägte sich die Nummer des Jaguars ein, bevor er zu Izzie hinüberging.

»War er es?« Fragte Izzie.

»Ich denke schon. Jedenfalls war er nicht überrascht, als ich ihn mit Mr. Wheeler anredete.«

»Hast du ihn dir ansehen können?«

»Ja. Genau«

Sie begannen wieder zu spielen. Irgendwann fragte Izzie: »Was wollen wir hier eigentlich noch herausfinden?«

»Wir sollten nach irgendwelchen Hinweisen Ausschau halten – Dinge, die uns etwas über ihn verraten. Du mußt deinen Gegner genau kennen, heißt es.«

»Wenn wir hier draußen spielen und herumlungern, werden wir nichts herausfinden.«

»Du hast selbst gesagt, daß es langweilig werden könnte«, erwiderte Mick. »Laß uns weiterspielen.«

Ein paar Minuten später hörten sie, daß der Jaguar wieder angelassen wurde. Sie beobachteten, wie der Wagen rückwärts aus der Einfahrt setzte und davonfuhr. Diesmal saß eine Frau auf dem Beifahrersitz.

»Das muß seine Frau sein«, sagte Mick.

Izzie blickte auf seine Uhr. »Es ist halb sieben – wahrscheinlich essen sie irgendwo zu Abend.«

Mick nickte. »Dann können wir uns das Haus ja aus der Nähe ansehen.«

Izzie starrte ihn erschrocken an. »Ist das nicht zu riskant?« fragte er. »Du weißt nicht, ob sonst noch jemand im Haus ist.

Bisher kann uns niemand was anhaben. Aber wenn wir ins Haus einbrechen, machen wir uns strafbar.«

»Wir sollten aber die Gelegenheit nützen«, warf Mick ein, »sonst war unsere Mühe ganz umsonst.«

Izzie stieß den Tennisball gegen die Gartenmauer und stoppte den zurückspringenden Ball mit dem Fuß. »Ich denke sowieso, daß wir uns das alles hätten sparen können«, murmelte er.

»Du mußt ja nicht mitkommen. Ich sag dir was – du bleibst draußen auf der Straße und stehst Schmiere. Wenn jemand kommt, klingelst du dreimal mit deiner Fahrradglocke, so daß ich gewarnt bin.«

»Okay«, sagte Izzie widerstrebend.

Mick wandte sich ab und schlenderte die Straße hinauf. Seine Turnschuhe verursachten kein Geräusch auf dem Pflaster. Er vermutete, daß Izzie mit seiner Bemerkung recht hatte, daß sie hier nur ihre Zeit vergeudeten, aber er hätte es sich nie verziehen, wenn er nicht wenigstens versucht hätte, einen Hinweis zu finden.

Er blieb dicht neben der Mauer, die den Garten abschirmte, so daß er sich rasch verbergen konnte, wenn es nötig war.

Aber er gelangte unbeobachtet bis zur Garagenauffahrt.

Hinter einem Baum blieb er stehen und beobachtete das Haus. Der Hauseingang befand sich auf einer kleinen Veranda, und zwischen der Doppelgarage und dem Haus gab es einen schmalen, überdachten Durchgang. Eins von den beiden Garagentoren stand einen Spalt breit offen.

Er fragte sich, ob er versuchen sollte, ins Haus einzudringen. Die offene Garagentür gefiel ihm nicht. Es konnte bedeuten, daß noch jemand im Haus war. Also entschloß er sich, zuerst in der Garage nachzusehen.

Er huschte lautlos die Auffahrt hinauf und zwängte sich durch den Spalt in die Garage. Sie hatte ein Seitenfenster, so daß es einigermaßen hell war. Er sah sich um.

Es war eine ganz normale Garage. In einer Ecke stand ein elektrischer Rasenmäher, und an ein paar Haken hingen Gartenwerkzeuge. Ein paar Dosen mit Farbe waren hinten an der Wand gestapelt.

Mick blickte zu Boden. Er sah ein paar Ölflecken.

Keine Fußspuren.

Mick wollte die Garage schon wieder verlassen, als er aus den Augenwinkeln etwas entdeckte. Er bückte sich und hob ein Stück gefaltetes Papier vom Boden auf. Daneben lag ein kleiner, dünner Pinsel. Er untersuchte ihn.

Plötzlich hörte er ein scharfes »Ping! Ping! Ping!« Das war Izzies Fahrradklingel! Irgend jemand näherte sich dem Haus.

Mit ein paar Schritten war er am Tor und lugte durch den Spalt. Er sah den blauen Jaguar in die Einfahrt biegen. Erschrocken schaute er sich um. Die Garage hatte eine Hintertür. Doch wenn er sich durch sie verdrückte, konnte er im Garten erwischt werden.

Würde Wheeler seinen Wagen in die Garage fahren? Mick hörte, wie der Jaguar vor der Garage hielt. Eine Wagentür wurde geöffnet, und Schritte näherten sich. Mick warf sich entschlossen herum, wischte durch die Hintertür nach draußen und drückte sie lautlos zurück ins Schloß.

Hart an die Wand der Garage gepreßt, lauschte er. Sein Herz schlug ihm bis zum Hals. Er dachte an Izzies Worte, daß Einbruch eine Straftat war.

Er hörte, wie das Garagentor geöffnet

und der Wagen hineingefahren wurde. Der Motor erstarb. Sekunden später wurde die Wagentür zugeschlagen. Dann wurde das Tor wieder geschlossen. Mick atmete erleichtert auf.

Plötzlich bewegte sich der Griff der Hintertür nach unten. Wheeler verließ die Garage durch die Hintertür – er mußte das Garagentor von innen geschlossen haben! Mit einem Satz suchte Mick hinter einer Mülltonne Deckung. Er hörte, wie ein Schlüssel im Schloß gedreht wurde, dann entfernten sich Schritte.

Er riskierte einen Blick über den Deckel der Mülltonne. Wheeler betrat gerade das Haus durch die Küchentür.

Mick wartete, bis der Mann hinter dem Fenster nicht mehr zu sehen war. Dann ließ er alle Vorsicht fahren und rannte so schnell er konnte durch den schmalen Gang zwischen Haus und Garage, hetzte die Einfahrt hinab und erreichte atemlos die Straße.

»Weg hier!« rief er Izzie zu, noch bevor er bei ihm war.

Sie sprangen auf ihre Räder und rasten davon.

VIERTES KAPITEL

Donnerstag nachmittag kam Mrs. Briggs mit einer Ausgabe der wöchentlich erscheinenden *Hinchley News* in Micks Wohnung. Ihr Bild war auf Seite drei abgedruckt. Es zeigte sie gestikulierend vor ihrem Hauseingang. Der Artikel von Nigel Parsons berichtete über den bevorstehenden Abriß der Häuser in der Canal Street und der Verzweiflung der Bewohner, denen gekündigt worden war.

Micks Mutter sagte: »Es ist ein gutes Foto von Ihnen, Mrs. Briggs.« Mick schaute es sich an. Die Frau sah furchtbar darauf aus. Sie hatte den Mund weit aufgerissen, und die Haare standen ihr vom Kopf ab.

»Ich bin hier, weil ich Ihren Aufruf unterschreiben möchte«, sagte Mrs. Briggs.

Micks Mutter holte die Liste aus einer Schrankschublade und reichte Mrs. Briggs den Kugelschreiber. Mrs. Briggs schrieb ihren Namen in die letzte Spalte. »Ich sehe, daß schon eine ganze Menge unterschrieben haben«, sagte sie.

»Was steht in dem Zeitungsartikel?« fragte Mrs. Williams.

»Sie haben nichts über den Lieferwagen geschrieben, der andauernd aufs Studiogelände fährt. Aber wie ich dem Reporter schon erzählte, habe ich eine genaue Liste über die Tage und Zeiten, wann der Wagen kam. Ich hab' sie mitgebracht. Sie können Sie zu Ihrer Liste legen.«

Mick schaute von der Zeitung auf. »Ich weiß nicht, was das mit der Sache zu tun haben soll«, sagte er.

»Nana, Mickey«, sagte seine Mutter, »sei nicht so vorlaut.« Sie nahm die Liste mit den Unterschriften und Mrs. Brigg's Notizen entgegen. »Vielen Dank, meine Liebe«, sagte sie.

Mick steckte die Nase wieder in die Zeitung. Während seine Mutter und Mrs. Briggs noch ein wenig klatschten, las er einen Bericht über die Maskenbande. Sie hatte am vergangenen Sonnabend ein Postamt überfallen und über tausend Pfund erbeutet. Sie waren wieder nach der üblichen Methode vorgegangen: Drei oder vier Männer hatten das Postamt als Kunden betreten, hatten gewartet, bis sich eine Möglichkeit ergab, hinter die Schalter zu springen, und die Kassen ausgeraubt.

Sie waren wie immer ausgesprochen schlau vorgegangen. Nicht einen Fingerabdruck hatten sie hinterlassen, für den Transport hatten so ein gestohlenes Auto verwendet, und auch sonst fand die Polizei nicht eine verwertbare Spur. Neben dem Bericht war ein Foto abgebildet von einem ziemlich ratlos dreinschauenden Polizeiinspektor Peters.

Mick lachte.

Dann dachte er daran, daß Polizeiarbeit gar nicht so einfach war. Er selbst hatte bei Mr. Wheeler auch nichts erreicht. Die Spuren, die er in seinem Haus gefunden hatte, waren unbedeutend. Das Stück Papier, das er vom Garagenboden aufgehoben hatte, war eine ganz gewöhnliche Bankquittung gewesen, wie man sie ausfüllte, wenn man eine Summe auf sein Konto einzahlte. Allerdings hing der Durchschlag noch daran, und ein Stempel der Bank befand sich auch nicht darauf. Das hatte Izzie ihm erklärt. Der kleine Pinsel war nur ein Pinsel gewesen. Mick hatte es danach aufgegeben, weiterhin Detektiv zu spielen, jedenfalls für so lange, bis er sich einen neuen Plan ausgedacht hatte.

Mrs. Briggs sagte gerade: »Ich muß jetzt gehen.«

»Gib Mrs. Briggs die Zeitung zurück, Mick«, sagte Mom.

Mick stand auf und fragte: »Kann ich diese Seite behalten, Mrs. Briggs? Ich möchte den Artikel mit der Maskenbande ausschneiden.«

»Meinetwegen«, erwiderte Mrs. Briggs. Mick riß die Seite heraus und reichte die restliche Zeitung Mrs. Briggs. Der Bericht über die Maskenbande enthielt eine Aufstellung über alle Überfälle der letzten Wochen, die man ihr zuschrieb. Mick hatte sich entschlossen, alles zu sammeln, was in den Zeitungen über die Maskenbande geschrieben wurde. Wenn man sie später schnappte, konnte er ihre Fotos hinzufügen.

Izzie tauchte auf, als Mrs. Briggs sich verabschiedete. Von der Küche her rief Micks Mom: »Willst du noch weg, Mick? Izzie ist hier.«

Mick ließ die Zeitungsseite auf dem Boden liegen und ging mit Izzie hinab auf die Straße. Es war ein milder Sommerabend, und es würde noch einige Stunden hell sein. Als die beiden die Straße hinabgingen, sagte Mick: »Was willst du später mal werden, wenn du die Schule hinter dir hast?«

»Filmregisseur, nehme ich an«, antwortete Izzie. »Und du?«

»Ich werde ein Räuber«, sagte Mick.

Izzie lachte. »Du bist verrückt!«

»Was ist daran verrückt? Ich werde es so machen wie die Maskenbande – zu gerissen für die Polizei.«

»Mein Vater sagt immer, daß es leichtere Methoden gibt, zu Geld zu kommen, als es zu stehlen«, meinte Izzie.

Sie hatten die Kanalbrücke erreicht. »Laß uns noch mal reingehen«, sagte Izzie.

Mick hatte keine bessere Idee, und so stimmte er zu.

Sie kletterten wieder den Zaun hinab auf die Uferbank und gingen zum Kanalrohr. Izzie fragte: »Hast du dein Fahrrad wirklich gestohlen?«

»Ja«, sagte Mick. »Es stand auf einem Hinterhof und war total verrostet. Ich hab' es angemalt, mir neue Räder vom

Schrottplatz besorgt und einen neuen Lenker gekauft.«

»Das ist nicht wirklich gestohlen, oder?«

»Keine Ahnung.«

Diesmal war keine Planke da, über die sie mit trockenen Schuhen zum Abflußrohr gelangen konnten. Sie fanden zwei Autoreifen und eine zerschlissene gepolsterte Sitzfläche von einem Lehnstuhl zwischen dem Abfall im Kanalbett und warfen die Sachen so in den Schlamm, daß sie das Abflußrohr mit ein paar Sprüngen erreichen konnten.

Das Rohr schien diesmal kürzer zu sein. Mick war überrascht, als Izzie schon nach kurzer Zeit anhielt und mit der kleinen Taschenlampe in den Schacht leuchtete. Sie wandten die gleiche Methode wie beim erstenmal an und standen eine Minute später wieder im Lagerraum.

»Wir sollten uns diesmal die anderen Studios ansehen«, sagte Izzie. Er ging durch den Korridor voraus und öffnete die Tür zum Studio C, aus dem der Mann gekommen war, der sie beinahe in Studio B überrascht hatte. »Halt deine Ohren offen, ob du den Motor des Lieferwagens hörst«, sagte Izzie.

Als er das Licht angeknipst hatte, sah

Mick, daß dieses Studio für einen Marinefilm eingerichtet war.

In einer Ecke sah er die Nachbildung einer Kommandobrücke eines Schlachtschiffes mit Meßgeräten, Uhren, Sprachrohren und allen möglichen sonstigen Apparaturen. Mick entdeckte einen Feldstecher und setzte ihn an die Augen. Der Feldstecher hatte keine Gläser.

An die Wand waren einige Szenerien gemalt. Eine zeigte ein Stück bewegtes Meer, eine andere die Pappwand einer Kajüte und eine dritte aufgemalte Schießscharten.

»Sieh dir das an!« sagte Izzie. »Eine Filmkamera!«

Mick ging zu ihm hinüber. »Ob sie noch funktioniert?« fragte er.

Izzie hantierte eine Weile daran herum. »Es ist ein altes Modell«, sagte er schließlich. »Wahrscheinlich haben sie sie deshalb hier zum Verrosten zurückgelassen.«

Mick ließ Izzie mit der Kamera allein und ging zu einer Leiter hinüber, die fast bis zum Dach des Studios hinaufreichte.

»Was meinst du? Wofür kann die sein?« fragte er Izzie.

»Um dort oben die Scheinwerfer einzurichten«, antwortete Izzie.

Mick begann, die Leiter hinaufzusteigen. Es ging ziemlich hoch hinauf. Kurz vor ihrem Ende erreichte er eine Art Plattform. Von dort aus konnte Mick das ganze Studio C überblicken. Von hier oben sah es wie ein Gemälde aus. Izzie wirkte dort unten wie ein Zwerg. Mick konnte im Lichtschein, der von der Decke reflektiert wurde, auch in die anderen Studios hineinsehen, die an das Studio C grenzten.

»Das sieht toll aus!« rief er. »Komm rauf!«

Izzie ließ die Kamera stehen und stieg ebenfalls die Leiter hinauf. Er legte sich neben Mick auf die Plattform und blickte hinab.

Beide sahen, wie die Tür des Studios langsam aufschwang.

Ein Mann trat ein. Alles, was die beiden aus ihrer Position von ihm sehen konnten, war ein kahler Fleck auf seinem Kopf. Sie hielten den Atem an.

Der Mann sagte: »Wer von euch Blödmännern hat das Licht hier brennen lassen?«

Zwei weitere Männer traten durch die Tür.

Einer von ihnen trug einen kleinen Koffer. Er stellte ihn ab und sagte: »Muß ich wohl gewesen sein.«

Der Mann mit der Halbglatze schien sich damit zufriedenzugeben. Er stieß einen grunzenden Laut aus und streifte seinen Mantel ab. Mick und Izzie begannen wieder zu atmen.

Die drei Männer zogen ihre Sachen aus, dann wuschen sie ihre Gesichter in einem Waschbecken, das sich gleich neben der Leiter an der Wand befand. Danach zogen sie sich wieder an und öffneten den kleinen Koffer. Er war bis obenhin voll mit Geldscheinen.

Izzie flüsterte Mick zu: »Das müssen Schauspieler sein. Sie werden Außenaufnahmen gedreht haben und sind jetzt hierher zurückgekehrt, um sich umzuziehen.«

Der Mann mit der Halbglatze sagte: »Dazu haben wir jetzt keine Zeit. Wir werden es später zählen. Das sind alles verschiedene Scheine und Münzen.« Er klappte den Koffer wieder zu. Die Männer verließen das Studio.

Mick und Izzie blieben, wo sie waren, und lauschten. Plötzlich wurde die Tür wieder geöffnet. Der Mann mit der Halbglatze war zurückgekehrt und knipste das Licht aus.

Diesmal warteten die Jungen, bis sie hörten, wie ein Auto angelassen wurde und davonfuhr. Erst dann schaltete Izzie seine kleine Taschenlampe an und kletterte vorsichtig die Leiter hinab.

Mick sagte: »Das wird allmählich gefährlich. Sie hätten bloß mal hochzusehen brauchen, um uns zu entdecken.«

Im Schein der Taschenlampe kehrten sie in den Lagerraum zurück und krochen dann hintereinander durch das Kanalrohr. Ihr Pfad aus Sperrmüll war noch begehbar, noch nicht im Schlamm versunken, und sie erreichten die Uferbank mit trockenen Füßen.

Als sie zur Brücke gingen, sagte Izzie: »Ich verstehe das alles nicht.«

»Was?«

»Was sie dort zu suchen hatten. Ich meine, wenn sie einen Film gedreht haben, wo waren dann der Regisseur, die Kameraleute, die Garderobiere, die Maskenbildner und all die anderen? Außerdem ist das Filmstudio angeblich geschlossen.«

»Vielleicht haben sie die Erlaubnis, es zu benutzen«, vermutete Mick.

»Das muß es sein«, räumte Izzie nachdenklich ein.

Es wurde nun dunkel. Izzie kettete sein Rad los und fuhr nach Hause.

Mick ging hinauf in die Wohnung.

Seine Mutter saß vor dem Fernseher. »Es wird Zeit, daß du lernst, deine Sachen selbst wegzuräumen«, sagte sie. »Heb das Stück Zeitung dort auf.«

Mick bückte sich nach der herausgerissenen Seite der *Hinchley News*, die noch immer dort lag, wo er sie zurückgelassen hatte. Er ging hinüber zum Schrank und legte sie in die Schublade, auf Mrs. Briggs blöde Zeittabelle.

»Dieser Unsinn mit dem Lieferwagen, um den Mrs. Briggs soviel Wind macht, hat wirklich nichts mit unserer Eingabe zu tun, oder?« fragte er seine Mom.

»Nein, aber du solltest trotzdem nicht so abfällig darüber reden.«

»Warum nicht, wenn es wahr ist?«

»Weil es unhöflich ist. Man kann die Gefühle von Menschen verletzen, wenn man die Wahrheit zu laut sagt, weißt du?«

»Oh«, machte Mick. Seine Mutter hatte also nur so getan, als ob sie mit Mrs. Briggs einer Meinung wäre.

Er holte die Zeittabelle aus der Schublade, schaute sie sich eine Weile an und legte sie zurück. Er schloß die Schublade und wandte sich ab.

Dann stutzte er. Irgendwas an der komischen Zeittabelle hatte bei ihm etwas ausgelöst.

Er zog die Schublade wieder auf und sah sich die Liste noch einmal an. Es gab zwei Spalten. In die eine waren die Tage, in die andere die Zeiten eingetragen. Irgend etwas an den Daten kam ihm bekannt vor. Dann wußte er, was es war. Er holte die Zeitungsseite hervor und sah sie sich an.

»Verdammt!« entfuhr es ihm.

»Du sollst nicht fluchen«, sagte seine Mom. Aber er hörte sie gar nicht. Er hielt die Zeitung und Mrs. Briggs Liste nebeneinander.

»Die Zahlen sind dieselben«, flüsterte er.

»Wovon redest du?« fragte seine Mom.

»Nichts«, erwiderte er hastig.

»Wenn du über ›nichts‹ reden willst, dann tu es bitte in der Küche und stör mich nicht beim Fernsehen.«

Mick trug die Zeitung und die Liste in die Küche, setzte sich an den Tisch und studierte die Zahlen genauer.

Er hatte recht gehabt. An jedem Tag, an dem die Maskenbande einen Überfall gemacht hatte, war Mrs. Briggs der Lieferwagen auf dem Studiogelände aufgefallen.

Nun wußte er, was die Männer im Filmstudio zu suchen hatten!

Das Kellerman's Filmstudio war das Versteck der Maskenbande!

»Quatsch«, sagte Izzie leise.

»Ich kann es beweisen!« erwiderte Mick.

Sie standen am folgenden Tag nebeneinander in der Aula der Schule. Sie hatten das Lied *Wir pflügen die Felder und säen* in ihrem Liederbuch aufgeschlagen, waren aber mit den Gedanken ganz woanders.

»Paß auf«, sagte Mick, »die Daten der Überfälle der Maskenbande sind genau gleich mit den Tagen und Zeiten, die Mrs. Briggs notiert hat.«

»Das beweist noch gar nichts«, sagte Izzie ein wenig lauter.

Die Adleraugen von Mr. Solomon richteten sich auf die beiden.

»Alle guten Dinge um uns herum sind uns vom Himmel gesandt«, sagte Mick so laut er konnte. Mr. Solomons Blick wandte sich von ihnen ab.

Mick fuhr fort: »Die Bande schminkt sich im Studio, macht den Überfall und kehrt mit der Beute in ihr Versteck zurück«, sagte er. »Die Polizei vermutet doch, daß die Bande echte Schminke benutzt und all das Zeug, oder?«

Jetzt schaute Izzie nicht mehr so spöttisch. Sie beugten den Kopf zum abschließenden Gebet und beeilten sich danach, die Aula zu verlassen.

Izzie sagte: »Ich denke, wir sollten zur Polizei gehen.«

»Du bist nicht ganz dicht!«

»Warum?«

»Nimm an, es stimmt alles nicht. Wir werden verdammten Ärger kriegen, weil wir ins Studio eingestiegen sind.«

Izzie dachte eine Minute lang nach. »Wir müssen Beweise finden«, sagte er.

»Und wie?«

»Weiß ich nicht. Aber es muß einen Weg geben.«

In ihrer Klasse setzten sie sich in ihre Bank und holten ihre Bücher heraus.

FÜNFTES KAPITEL

Izzie saß auf seinem Fahrrad vor Micks Haus, die Hand auf das Geländer des Kellereingangs gestützt, und wartete auf Mick. Er dachte immer noch daran, wie sie das Problem der Maskenbande lösen konnten. Es gab keinen Zweifel: Sie brauchten unbedingt einen Beweis, daß die Männer im Filmstudio die Gangster waren. Das herauszufinden war nicht schwer gewesen. Aber wie sollten sie es beweisen?

Izzie fragte sich, wie ein Beweis aussehen konnte. Wenn sie die Männer dabei fotografieren konnten, während sie ihre Verkleidung wechselten und sich abschminkten, das wäre schon was. Aber das war nicht möglich, ohne dabei erwischt zu werden.

Mick erschien und schlug die Tür hinter sich zu. Sein Fahrrad stand im Kellereingang. Er holte es hoch, setzte sich wie Izzie in den Sattel und stützte sich ebenfalls am Geländer ab.

»Ich denke, wir sollten das alles vergessen«, sagte er.

Izzie war überrascht. »Warum?«

»He, warum sollen wir eigentlich helfen, sie zu fassen?«

»Weil – weil sie Verbrecher sind, darum.« Für Izzie war das sonnenklar.

»So? Warum müssen wir auf der Seite des Gesetzes stehen? Ich bin auf seiten der Bösewichter.«

»Komm, sei nicht albern, Mick. Außerdem wirst du nie wieder eine Gelegenheit wie diese haben, ein richtiges Abenteuer zu erleben. Stell dir das mal vor – zwei Schüler bringen die berüchtigte Maskenbande zur Strecke, ganz allein. Wir müssen es einfach versuchen.«

Mick dachte eine Weile nach. Izzie sah, welchen Kampf er innerlich mit sich ausfocht. Für Izzie gab es da nichts zu überlegen – wenn er konnte, würde er immer helfen, Verbrecher zu fangen. Es schien ihm, als würde Mick die Gangster im stillen bewundern. Aber die Aussicht auf ein spannendes Abenteuer war stärker.

»Das Problem ist, wie wir sie fangen«, sagte Mick schließlich. Izzie wußte nun, daß er ihn überzeugt hatte.

»Ich habe darüber nachgedacht«, erwiderte er. »Am besten wäre es natürlich, Fotos von ihnen zu schießen, während sie sich abschminken und umkleiden, nachdem sie einen Überfall gemacht haben.«

»Ja, und dann von ihnen erschossen werden«, sagte Mick spöttisch.

»Hm.« Izzie runzelte die Stirn.

»Andererseits«, sagte Mick, »könnten wir ihre Verkleidungen fotografieren, wenn sie nicht da sind.«

»Ja«, rief Izzie begeistert. »Und ihre Waffen – und das gestohlene Geld, falls sie es in ihrem Versteck zurücklassen.«

»Aber wir haben keinen Fotoapparat.«

»Ich habe einen.« Izzie war erregt. Micks Vorschlag war die Lösung.

»Kannst du damit auch drinnen Bilder machen?«

»Ja. Ich habe ein Blitzlicht.«

»Dann laß uns den Apparat holen.«

Sie stießen sich vom Geländer ab und fuhren zu Izzies Haus.

Izzie zeigte Mick stolz seinen Fotoapparat. »Es ist eine Kleinbildkamera«, sagte er. Mick nickte. »Und das hier ist das Blitzlicht.« Mick nahm beides in die Hand.

»Sieht ein bißchen kompliziert aus«, sagte er.

»Ja, aber es ist einfach, wenn du ein bißchen Übung hast.« Er nahm die Kamera zurück und legte einen Film ein. Dann packte er die Kamera, das Blitzlichtgerät und eine Schachtel mit Blitzlichtbirnen in eine Ledertasche und schwang sie sich über die Schulter.

»Es war ein Weihnachtsgeschenk«, sagte er. »Eigentlich sollte ich eine Filmkamera bekommen, aber dann wurde das Filmstudio geschlossen, und mein Vater konnte es sich nicht mehr leisten.«

Sie gingen die Treppe hinunter. Izzie sagte zu seiner Mutter: »Wir wollen ein paar Fotos machen. Ist es schlimm, wenn ich nicht zum Abendessen da bin?«

»Geht schon«, sagte sie, »aber verlang nicht von mir, daß ich dir noch Eier mit Chips auftische, wenn du spät nach Hause kommst.«

Sie fuhren zurück zur Canal Street und ließen ihre Fahrräder bei Micks Haus zurück. Als sie am Eingang des Studios vorübergingen, sahen sie, daß der Nachtwächter schon auf seinem Posten war. Er schlenderte mit seinem Schäferhund an der Leine am Zaun entlang.

»Wir müssen sehr leise sein«, sagte Izzie zu Mick.

An der Brücke mußten sie ein paar Minuten warten, bis einige Passanten vorüber waren. Dann war die Straße leer, und sie kletterten über das Geländer und den Maschendrahtzaun hinab.

Es begann zu nieseln, als sie die schmale Uferbank hinter sich brachten. Das Rinnsal in der Mitte des Kanals war ein bißchen breiter geworden, aber ihr provisorischer Pfad aus den Reifen und dem anderen Unrat hatte gehalten.

Izzie sprang als erster hinüber. Das Blitzlicht hatte er zwischen die Zähne genommen, der Fotoapparat hing auf seinem Rücken. Als sie durch die enge Röhre krochen, hatte er das Gefühl, als wäre sie feuchter als sonst. Er glaubte auch, einen schwachen Luftzug zu verspüren.

Er ahnte, daß dieser Luftzug irgend etwas zu bedeuten hatte, aber so sehr er auch darüber grübelte, ihm fiel die Erklärung dafür nicht ein.

Er erreichte den Schacht und richtete den Strahl seiner kleinen Taschenlampe hinauf zum Einstiegsdeckel. Jetzt hatte er die Erklärung.

»Das ist seltsam«, sagte er. »Wir müssen letztesmal vergessen haben, den Deckel wieder zurückzulegen.«

Mick grunzte nur etwas Unverständliches und kroch in die Position, daß Izzie auf seine Schultern steigen konnte. »Nächstes Mal sollte ich als erster raufsteigen«, sagte er. »Meine Schultern könnten ein bißchen Schonung gebrauchen.«

Izzie ertastete die Ränder des Schachts und zog sich hoch. Plötzlich war da ein blendendes Licht. Harte Hände krallten sich um seine Arme und rissen ihn empor. Die Stimme eines Mannes sagte: »Haben wir dich, du neugieriger kleiner Bastard.«

Das Licht blendete Mick für ein paar Sekunden. Er hörte die Stimme und wußte, was ihre Stunde geschlagen hatte. Sie waren in eine Falle gelaufen.

Er ließ sich auf die Knie fallen. Sie mußten gehört haben, daß Izzie mit ihm gesprochen hatte, und wußten also, daß noch jemand im Schacht war.

Er warf sich herum und flüchtete durch das Rohr wie eine verängstigte Ratte. Er stieß sich die Knie und Ellbogen grün und blau und holte sich blutige Schrammen, aber er bemerkte es nicht einmal. Sein Herz klopfte wie eine dumpfe Trommel.

Er kroch langsamer voran, als er das Abflußrohr fast erreicht hatte. Er begriff, daß die Männer ihm nicht durch das Rohr folgen konnten – es war zu eng für sie. Aber würden sie nicht draußen im Kanalbett auf ihn warten? Er hielt inne. Nein, überlegte er, wenn sie nicht durch das Rohr kriechen konnten, wußten sie auch nicht, wo es ins Freie führte.

Er streckte den Kopf aus der Öffnung. Niemand war in der Nähe. Er kroch ganz heraus und sprang auf den ersten Autoreifen.

Es regnete nun heftiger. Fast wäre Mick auf dem nassen Reifen ausgerutscht, als er die Strecke zur Uferbank hinter sich brachte.

Er kletterte den Maschendrahtzaun hinauf und erreichte die Brücke.

Jetzt war er in Sicherheit, aber die Bande hatte Izzie geschnappt.

Was kann ich tun? fragte sich Mick. Langsam ging er in Richtung seines Hauses die Straße hinab. Nein, er konnte jetzt nicht nach Hause gehen und Tee trinken, als wäre nichts geschehen. Aber er konnte Izzie auch nicht auf eigene Faust befreien.

Er überlegte, ob er zur Polizei gehen sollte. Es war jetzt keine Frage mehr für ihn, auf welcher Seite er stand. Die Bande hatte seinen Freund gefangengenommen, und das brachte Mick auf die Seite des Gesetzes, wenigstens vorläufig. Aber was konnte die Polizei tun?

Er wußte es nicht. Aber vielleicht sollte er den Polizisten eine Chance geben.

Dann hörte er den Lieferwagen. Er starrte die Straße zum Eingang des Studios hinauf und sah, wie der Wagen durch das geöffnete Tor fuhr. Er rannte am Tor vorbei zu seinem Haus. Dort hielt er an.

Selbst wenn er zur Polizei ging, hatte die Bande das Filmstudio längst verlassen, und es gab keine Möglichkeit mehr, Izzie zu befreien.

Mick mußte dem Lieferwagen folgen.

Er sprang auf sein Rad. Der Lieferwagen bog von der Einfahrt in die Straße ein und fuhr davon. Mick raste hinterher. Er sah noch, wie der Nachtwächter das Tor des Filmstudios schloß, während er es passierte.

Mick schloß zu dem Lieferwagen auf, als dieser an einer weißen Linie halten mußte, um in die Hauptstraße einzubie-

gen. Er blieb hinter ihm, während der Wagen langsam die Paul Street hinabfuhr, denn sie war schmal und mit parkenden Autos zugestellt. Er verlor den Anschluß auf einer freien Strecke, holte ihn jedoch an einer Ampel wieder ein.

Als er anfuhr, war Mick rechts hinter ihm. Jetzt lag eine zweispurige Landstraße vor ihnen. Der Wagen wurde schneller. Mick trat wie verrückt in die Pedale. Seine Brust begann zu schmerzen von seinen schnellen Atemzügen. Der Regen peitschte ihm ins Gesicht und unter seinem Sweater war er vor Anstrengung schweißgebadet.

Der Lieferwagen fuhr jetzt fast hundert Meter vor ihm und erreichte einen Kreisverkehr. Mick betete, daß die Ampeln den Wagen aufhalten würden. Er schloß rasch zu ihm auf, sah, wie seine Bremslichter aufleuchteten und der Wagen in eine Lücke zwischen den Autos auf der rechten Fahrbahn schoß. Mick drückte auf die Tube. Plötzlich fiel ihm ein, daß er vor dem Kreisverkehr halten mußte. Er war zu schnell. Hart stieg er auf den Rücktritt, dann zog er die Vorderbremse. Die Räder rutschten auf dem nassen Asphalt aus, das Rad glitt unter ihm hinweg, und Mick landete kopfüber im Rinnstein.

SECHSTES KAPITEL

Mick rappelte sich von der Straße hoch. Er hatte sich den Kopf gestoßen und ein Knie aufgeschrammt, aber sonst war er noch in einem Stück. Ein Autofahrer hielt neben ihm und stieg aus.

»Alles in Ordnung, Junge?« fragte der Mann.

»Ja«, erwiderte Mick. »Danke, daß Sie angehalten haben.«

»Auf diesen nassen Straßen solltest du ein bißchen vorsichtiger fahren«, sagte der Mann. Er stieg wieder in sein Auto und fuhr davon.

Mick hob sein Fahrrad auf und schob es auf den Gehsteig. Er mußte hart mit sich kämpfen, damit er nicht zu weinen anfing. Den Lieferwagen hatte er jetzt ganz bestimmt aus den Augen verloren.

Die Schmerzen in seinem Bein klangen ab. Er überquerte die Straße und stieg auf sein Rad. Dann fuhr er langsam zurück zur Canal Street.

Wieder dachte er daran, die Polizei zu alarmieren. Aber hatte das jetzt noch Sinn? Er würde wegen des Eindringens ins Filmstudio Ärger kriegen, und Izzie würden sie sowieso nicht finden.

Er fragte sich, was die Bande mit Izzie wohl anstellen würde. Vielleicht ließen sie ihn schwören, daß er nichts verriet, und würden ihn dann laufenlassen.

Nein, so dumm würden sie nicht sein. Izzie wäre vielleicht bereit, den Mund zu halten, wenn sie ihm dafür versprechen, ihm nichts anzutun, aber die Gangster würden ihm niemals trauen.

Er fuhr langsam die Canal Street hinauf und ließ sein Rad vor dem Haus am Kellergeländer stehen. Vor der Wohnungstür zog er seine nassen Schuhe aus und nahm sie in die Hand.

Seine Mom saß am Küchentisch und las ein Buch. Ohne aufzusehen sagte sie: »Ich hoffe, du erwartest nicht von mir, daß ich dir um diese Zeit noch Tee koche.«

»Es ist erst sieben Uhr«, murmelte er,

aber er hatte weder Lust, mit ihr darüber zu diskutieren, noch Appetit auf eine Tasse Tee.

Er stellte seine Schuhe auf den Linoleumboden und ging ins andere Zimmer. Seine Versuche, Detektiv zu spielen, waren voll in die Hose gegangen, stellte er fest. Er holte die Beweisstücke, die er in Wheelers Garage gefunden hatte, aus der Schublade und drehte sie unschlüssig in seinen Händen. Sie waren völlig nutzlos. Er legte sie zurück in die Schublade. Noch nie hatte er sich so hilflos gefühlt wie in diesem Augenblick. Er hatte die Maskenbande nicht entlarven können. Resignierend drehte er sich um und stellte den Fernseher an.

Plötzlich läutete in seinem Kopf eine Alarmglocke. Irgend etwas war merkwürdig an den Wörtern auf dem Stück Papier, das er auf dem Boden von Wheelers Garage gefunden hatte. Er kehrte zur Schublade zurück und holte das Beweisstück abermals hervor.

Er las den Einzahlungsbeleg sorgfältig. Darauf stand: ›National Westminster Bank, Purley Street 25, Hinchley‹.

Er hatte diese Adresse schon einmal gelesen. Aber wo?

Mick zerbrach sich den Kopf. Banken –

warum wußte er nicht mehr über Banken? Dann erinnerte er sich.

Er holte den Zeitungsausschnitt über die Maskenbande hervor. Richtig! Sie hatten die National Westminster Bank in der Purley Street ausgeraubt!

Vielleicht war es nur Zufall. Dann schaute er auf das Datum des Bankauszugs. Es war derselbe Tag, an dem die Bank überfallen worden war. Das war ein bißchen zuviel Zufall, fand er.

Aber wenn es wirklich kein Zufall war, was besagte es?

Es bedeutete nur, daß Mr. Norton Wheeler am Tag des Banküberfalls in der Bank gewesen war und dort Geschäfte abgewickelt hatte.

Aber wenn er Geld eingezahlt hatte, warum hatte er dann den Einzahlungsbeleg samt Durchschlag mitgenommen? Es sei denn...

Natürlich! Das war es!

Die Männer der Maskenbande gaben sich immer als Kunden aus, bevor sie zuschlugen. Einer aus der Bande mußte den Einzahlungsbeleg ausgefüllt haben, während die anderen auf eine Gelegenheit lauerten, hinter die Schalter zu gelangen.

Und der Einzahlungsbeleg war schließlich auf dem Boden in Mr. Wheelers Garage gelandet.

Dann erinnerte sich Mick, wo er schon mal so einen Pinsel gesehen hatte wie den, der neben dem Bankbeleg gelegen hatte. Es gab einige davon im Filmstudio. Es waren Make-up-Pinsel.

Auf einmal paßte alles zusammen. Die Nachtwächter hatten den Lieferwagen der Maskenbande jedesmal passieren lassen.

Warum? Sie mußten Anordnungen vom Besitzer des Filmstudios haben, und der war – Norton Wheeler.

Mr. Wheeler mußte der Kopf der Maskenbande sein!

Und plötzlich wußte Mick, wohin sie Izzie verschleppt hatten.

Er zog seine Schuhe wieder an und rannte aus der Wohnung.

Seine Mutter rief hinter ihm her: »Du gehst heute nicht mehr raus, nicht bei diesem Wetter!« Mick überhörte ihren Befehl und sprang die Treppe mit großen Sätzen hinunter.

Es hatte aufgehört zu regnen, aber die Straßen waren immer noch naß. Wie auch immer, Micks dicke Reifen waren wie geschaffen dafür, auf nassen Straßen schnell voranzukommen. Er wäre niemals gestürzt, wäre er nicht beim Kreisverkehr in Panik geraten.

Er fuhr die gleiche Strecke, die der Lieferwagen genommen hatte, und passierte die Stelle, an der er gestürzt war. Von dort aus brauchte er nur noch fünf Minuten, um die King Edward Avenue zu erreichen.

Der Lieferwagen stand in Mr. Wheelers Garageneinfahrt.

Im Haus brannte Licht, denn durch den grauen Himmel und den Regen war die Dämmerung früher hereingebrochen als gewöhnlich. Mick lehnte sein Rad gegen die Gartenmauer und spähte darüber hinweg in den Garten.

Er studierte den Ort einige Minuten, dann wußte er, was er zu tun hatte.

Er hechtete über die Mauer und kauerte sich hinter einem Blumenbeet nieder. Niemand hatte ihn gesehen. Schnell brachte er eine kurze Strecke über den Rasen hinter sich und suchte Deckung unter einem Rosenstrauch. Unentdeckt erreichte er schließlich die Hauswand.

Ein schmaler Weg führte um das Haus herum. Mick ging auf Hände und Knie hinunter und kroch unter den niedrigen Fenstern her, bis er die Hausecke erreicht hatte. Dort erhob er sich, weil es an der

Seite keine Fenster gab, und schlich lautlos bis zum Garten hinter dem Haus.

Er beobachtete die Rückseite des Hauses. Wenn sie Izzie hierher gebracht hatten, wo würden sie ihn gefangenhalten? Wahrscheinlich im oberen Stock, von wo er nicht durch ein Fenster fliehen konnte. Und in einem Zimmer, das sie abschließen konnten.

Oben gab es drei Fenster: ein sehr breites, ein schmales und ein drittes mit einer Milchglasscheibe. Das letzte gehörte sicher zum Badezimmer. Und dahinter brannte Licht.

Mick schaute sich das Badezimmerfenster genauer an. Der große, untere Teil bestand aus Milchglas, doch darüber befand sich noch eine schmale Scheibe aus normalem Glas. Das Fenster lag nah an der Hausecke.

Unterhalb des Fensters, an der Rückseite des Hauses, war ein Wintergarten angebaut, dessen Dach fast bis zum Badezimmerfenster hinaufreichte. Mick kroch am Haus entlang zum Wintergarten hinüber.

Dann faßte er noch einmal Mut und schlich um den Wintergarten herum bis zu den Mülleimern. Einen von ihnen schleppte er zum Wintergarten. Er stellte

ihn an die Ecke, die mit dem Haus verbunden war, und kletterte hinauf.

Von dort aus konnte er ohne Mühe das Dach des Wintergartens erreichen. Er zog sich hinauf und schlich wie auf rohen Eiern über das dicke Glas bis zur Ecke des Hauses. Von dort aus lief ein Abflußrohr am Badezimmerfenster vorbei zur Regenrinne hinauf. Mick schob seine Hände hinter das Rohr, packte fest zu und kletterte Zug um Zug daran die Mauer hinauf.

Seine Armmuskeln schmerzten schon bald, aber er wußte, daß er es schaffen konnte – in der Schule war er einer der Besten, wenn sie die Stangen und Taue in der Turnhalle hinaufklettern mußten.

Stück für Stück schob er sich höher, bis sich sein Gesicht in Höhe der schmalen, durchsichtigen Glasscheibe im oberen Teil des Fensters befand. Dann blickte er ins Zimmer hinein.

Izzie starrte in das Gesicht des Mannes, der ihn aus dem Schacht gezogen hatte.

»So, du bist also die kleine Ratte, die hier andauernd herumschnüffelt, wie?« sagte der Mann.

Er hatte dicke schwarze Augenbrauen

und einen breiten Schnurrbart, der bis über seine Mundwinkel reichte. Er hielt Izzies Gesicht nah vor seines, als er sprach. Sein Atem roch schlecht.

Izzie war zu erschrocken und ängstlich, um etwas zu sagen. Kreidebleich starrte er den Banditen an. Die kräftigen Hände des Mannes stellten ihn auf den Boden, rissen ihn herum und drehten ihm den rechten Arm auf den Rücken. »Vorwärts«, sagte der Mann.

Er stieß Izzie durch die Tür des Lagerraums auf den Korridor und dann hinüber in Studio B. Bis zu diesem Moment hatte Izzie noch die vage Hoffnung, daß der Mann nur einer der Nachtwächter war. Doch als er das Studio B betrat, starb auch diese Hoffnung.

Es waren zwei weitere Männer im Studio. Einer von ihnen beugte sich vor und zog sich einen Schuh an, als Izzie eintrat, und Izzie sah den bekannten hellen Fleck auf dem Kopf des Mannes.

Es war die Maskenbande.

Der Mann, der Izzie geschnappt hatte, sagte: »Sieh mal, was ich gefunden habe, Gus.«

Der Mann mit der Halbglatze blickte auf. »Ein kleiner Schnüffler, wie?« sagte er.

Izzie blickte zu dem dritten Mann hinüber. Er hatte leuchtendes rotes Haar und Sommersprossen. Er starrte Izzie einen Moment lang an, dann griff er sich an den Kopf. Er nahm eine Perücke ab, und Izzie sah, wie kurze graue Haarstoppeln darunter zum Vorschein kamen. Der Mann sagte: »Was machen wir mit ihm?«

»Keine Ahnung«, sagte Gus.

Der Mann, der Izzie festhielt, drehte Izzies Arm noch ein bißchen mehr. »Der Knirps kann uns auffliegen lassen«, sagte er. Da war ein gemeiner Unterton in seiner Stimme.

Izzie sagte gepreßt: »Sie brechen mir den Arm.«

»Halts Maul, sonst schlage ich dir den Schädel ein!«

»Beruhige dich, Jerry«, sagte Gus. Der Mann verringerte den Druck an Izzies Arm.

Gus sagte: »Komm her, Junge.« Jerry ließ seinen Arm los, und Izzie ging zu Gus hinüber.

»Was hast du hier gesucht?« fragte Gus.

»Nur spielen«, sagte Izzie. »Wir kommen häufiger her und spielen mit den Kostümen, den Requisiten und all den anderen Sachen. Wenn Sie gehen, erzähle ich niemandem von Ihnen, das verspreche ich.«

»Was meinst du damit – niemandem von uns erzählen?« sagte Jerry. »Was gibt es da zu erzählen? Du bist derjenige, der das Studio unbefugt betreten hat. Wer interessiert sich schon für uns?«

»Ich meinte nur, ich werde nicht zur Polizei gehen oder so – wenn Sie mich laufenlassen«, platzte Izzie heraus. Er war jetzt den Tränen nahe.

»Zur Polizei gehen?« sagte der Mann, der die rote Perücke abgenommen hatte.

»Laß es, Alec«, sagte Gus. »Er weiß Bescheid. Es ist zu offensichtlich.«

Izzie begriff, wie dumm er gewesen war. Bisher war sich die Bande nicht sicher gewesen, ob er wußte, was sie hier im Studio taten. Nun hatte er ihnen verraten, daß er sie verdächtigte, hier etwas Illegales zu tun. Hätte er sich dumm gestellt, hätten sie ihn vielleicht laufenlassen.

Der Mann, der Alec hieß, ging zum Waschbecken hinüber und wusch sich die Sommersprossen aus dem Gesicht. Während er es mit einem Handtuch abtrocknete, fragte er: »Also, was tun wir mit ihm? Wir können ihn nicht einfach laufenlassen.«

»Wir nehmen ihn mit zum Boß«, sagte Gus. »Was immer wir sonst tun, könnte verkehrt sein.« Er zog seinen anderen Schuh an und schlüpfte in einen Mantel. In der Zwischenzeit packten die anderen ihre Kleidung, die Perücken und die Make-up-Utensilien, die überall verstreut lagen, zusammen und legten sie in einen Schrank.

»Los geht's, Junge«, sagte Jerry, als sie damit fertig waren, »dir steht ein kleiner Ausflug bevor.« Er packte abermals Izzies Arm und stieß ihn durch die Tür. Alec knipste eine Taschenlampe an, und die vier gingen den Korridor hinab.

Sie bogen um eine Ecke und erreichten die Frontseite des Filmstudios. Durch die große Glastür sah Izzie einen Lieferwagen. Sie verließen das Gebäude, und Gus schloß die Tür hinter ihnen.

Jerry stieß Izzie vorwärts, auf die Hecktür des Lieferwagens zu, und suchte in seiner Hosentasche nach dem Schlüssel. Als er ihn gefunden hatte und ins Türschloß steckte, erkannte Izzie seine Chance. Er riß sich aus Jerrys Griff los und jagte davon.

Jerry schrie. Gus wirbelte beim Studioeingang herum und sah, daß Izzie dicht an ihm vorbei mußte. Er streckte ein Bein aus. Izzie stolperte darüber und schlug der Länge nach auf den Kiesweg.

Für einen Moment blieb er liegen, benommen und voller Verzweiflung. Sein Gesicht war vom Kies zerschrammt, und er hatte das Gefühl, daß sein Bein an der Stelle, wo der Fuß von Gus ihn getroffen hatte, gebrochen war. Er schaffte es nicht länger, die Tränen zurückzuhalten.

Jerry riß ihn auf die Füße und schlug ihm ins Gesicht. Izzie schrie vor Schmerzen auf.

»Hör schon auf, Jerry«, sagte Alec mit leiser Stimme. »Er ist noch ein halbes Kind.«

»Was willst du? Soll ich ihm vielleicht einen Orden verleihen?« gab Jerry wütend zurück. »Ich werde ihm eine Lektion erteilen.«

Gus mischte sich ein. »Schaff ihn in den Lieferwagen und behalt ihn im Auge, Jerry.«

Izzie wurde brutal auf die Ladefläche des Lieferwagens gestoßen, wo er sich mit dem Gesicht nach unten hinlegen mußte. Jerry stieg zu ihm, während die beiden anderen im Fahrerhaus Platz nahmen. Izzie hörte, wie der Motor angelassen wurde, dann jagte der Wagen die Einfahrt hinab.

Izzie hatte keine Ahnung, wohin der Wagen fuhr. Er lag auf dem harten, metallenen Boden und versuchte, nicht an die Schmerzen seiner Prellungen zu denken. Nach einer Ewigkeit, wie ihm schien, hielt der Lieferwagen endlich an.

Gus sagte: »Verbinde ihm besser die Augen, damit er nicht mitkriegt, wo er sich befindet.«

Jerry fand einen öligen Lappen auf der Ladefläche des Lieferwagens und verknotete ihn fest auf Izzies Hinterkopf. Dann hob er den Jungen aus dem Wagen. Wieder drehte er ihm den Arm auf den Rücken und schob ihn vorwärts.

Izzie spürte Steinplatten unter seinen Füßen.

Kurze Zeit später sagte Jerry: »Die Treppe hoch!«, und Izzie stolperte ein paar Stufen hinauf. Dann spürte er, daß er im Haus war.

Eine ihm fremde Stimme fragte: »Wer, zum Teufel, ist das?« Die Stimme klang älter und weniger derb als die der drei Banditen.

Izzie hörte Gus sagen: »Den Jungen haben wir im Filmstudio erwischt, Boß. Er sagte, daß er uns nicht an die Polizei verraten würde, wenn wir ihn laufenlassen.«

»Ihr Dummköpfe! Warum bringt ihr ihn hierher?«

»Wir wußten nicht, was wir sonst mit ihm tun sollten«, gab die Stimme von Gus zurück.

»Verdammt!« Eine Weile war es still. Dann sagte der Boß: »Bringt ihn weg. Ich muß erst darüber nachdenken. Steckt ihn oben in ein Zimmer und fesselt ihn.«

Jerry sagte: »Hier entlang, Bürschchen.« Er führte Izzie eine Treppe hinauf und dann in ein Zimmer. Dann wurde Izzie auf einen harten Sitz gedrückt, und um seine Hand- und Fußgelenke wurden Stricke gebunden, so fest, daß es Izzie weh tat. Schließlich wurde die Tür verschlossen, und Schritte entfernten sich die Treppe hinab.

SIEBTES KAPITEL

Izzie schätzte seine mißliche Lage als miserabel ein. Er wußte zuviel über die Maskenbande, und sie wußten, daß er es wußte. Er war sich klar darüber, um was die Diskussion ging, die die Männer unten jetzt führen würden. Sie überlegten, wie sie ihn zum Schweigen bringen konnten. Und es gab eigentlich nur einen Weg – ihn zu töten.

Daraus folgerte er, daß er nichts mehr zu verlieren hatte, wenn er einen Fluchtversuch unternahm. Das munterte ihn ein bißchen auf, und er begann damit, seine Umgebung zu erforschen. Mit den gefesselten Händen tastete er den Sitz ab, auf dem er saß, und stellte fest, daß es eine Toilette war. Sie haben mich in ein Badezimmer eingesperrt, dachte er.

Er bewegte seine Handgelenke und merkte, daß die Fesseln sich ein wenig lockerten. Er begann daran zu zerren, indem er die Handgelenke gegeneinander drehte. Es schien ihm, als würde sich der Strick allmählich weiten. Nach einer Weile hielt er inne, um seinen schmerzenden Handgelenken eine Ruhepause zu gönnen. Dann machte er weiter.

Plötzlich vernahm er ein Klopfen. Es hörte sich an, als würde jemand gegen eine Fensterscheibe pochen. Er drehte den Kopf in Richtung des Geräusches, aber das half ihm nicht, denn seine Augen waren ja immer noch verbunden. Das Klopfen verstummte. Izzie fragte sich, was es zu bedeuten hatte, und als es sich nicht wiederholte, nahm er an, daß es eins dieser seltsamen Geräusche gewesen war, das alte Häuser von Zeit zu Zeit von sich gaben.

Er zerrte abermals an den Fesseln, und plötzlich waren seine Hände frei. Als erstes riß er sich die Augenbinde vom Gesicht und schaute sich um. Er befand sich in einem großen Badezimmer. Auf der gegenüberliegenden Seite war die Badewanne, und zwischen ihr und der

Toilette, auf der Izzie saß, befand sich die Tür. Gegenüber der Tür sah er eine Duschkabine und das Fenster.

Während Izzie seine Fußfesseln löste, nahm ein Plan in seinem Kopf Gestalt an. Die Tür schwang so auf, daß jemand ganz ins Bad hereintreten mußte, wenn er den auf der Toilette sitzenden Izzie sehen wollte.

Auf einem Bord über dem Waschbecken rechts von Izzie stand eine Batterie von Flaschen und Cremetöpfen. Izzie wählte eine große, schwere Flasche mit Rasierwasser aus. Er öffnete sie und roch daran. Er stellte fest, daß er den gleichen Geruch wahrgenommen hatte, als der Boß nah an ihn herangetreten war.

Er hörte Schritte auf der Treppe. Schnell stieg er mit der Flasche auf die Klobrille und preßte sich gegen die Wand. Dann hielt er den Atem an. Er betete, daß derjenige, der zu ihm heraufkam, ihn erst bemerken würde, wenn es zu spät war.

Der Schlüssel wurde im Schloß gedreht, und die Tür schwang auf. Izzie hielt die Hand mit der Flasche schlagbereit über dem Kopf. Jerry betrat das Badezimmer.

Izzie ließ die Flasche mit aller Kraft auf den Kopf des Mannes niedersausen. Sie zerplatzte. Glassplitter und Duftwasser spritzten durch den ganzen Raum. Jerry sackte mit einem Seufzer auf den Lippen zu Boden. Izzie sprang vom Klo und hastete durch die Badezimmertür.

Er fand sich am Ende der Treppe wieder. Unter sich sah er einen Treppenabsatz, von dem aus die Treppe in entgegengesetzter Richtung weiterführte.

Er hörte von unten eine Stimme sagen: »Was war das für ein Krach?«

Eine andere Stimme sagte: »Sieh mal nach.«

Izzie war die Treppe schon halb hinunter, als unten im Flur eine Tür geöffnet wurde und Alec aus einem Zimmer trat. Er entdeckte Izzie und lief sofort auf ihn zu.

Izzie warf er sich herum und rannte wieder hoch. Alec jagte hinter ihm her, drei Stufen auf einmal nehmend.

Izzie erreichte den oberen Flur und lief ein Stück am Geländer entlang. Als Alec die Treppe hinter sich gebracht hatte, flankte Izzie über das Geländer und landete auf dem Treppenabsatz.

Unten stand Gus. »Verdammter Bengel!« brüllte er. Izzie hielt immer noch den Flaschenhals in der Hand. Er sprang die letzten Stufen hinab und stieß den gesplitterten Rand in das Gesicht des Banditen.

Gus sprang schreiend zurück, stolperte und fiel hin.

Izzie sprang über ihn hinweg und rannte auf die Haustür zu. Hinter ihm polterte Alec die Treppe herab. Er hörte die wütende Stimme des Bosses rufen: »Schnappt ihn euch, schnell, ihr Idioten!«

Izzie hatte die Klinke der Tür schon niedergedrückt, da spürte er Alecs Pranke auf seiner Schulter. Alec riß ihn in dem Augenblick von der Tür zurück, als Izzie sie öffnete.

»Hab' ich dich, du verdammte Rotznase«, sagte Alec.

Die Tür schwang auf, und Izzie sah vor der Tür die großen Gestalten seines Vaters und eines stämmigen Polizisten. Der Polizist hatte den Arm gehoben, als wolle er gerade an die Tür klopfen.

Alec schrie auf und ließ Izzie los.

»Versuchen Sie gar nicht erst zu fliehen«, sagte der Polizist. »Das Haus ist umstellt.«

Izzie schaute zurück ins Haus und sah, daß der Boß unter sein Jackett griff. Der Polizist jagte an Izzie vorbei. Für einen großen Mann bewegte er sich unglaublich schnell. Der Boß hatte seine Pistole erst halb aus dem Schulterholster, als die Faust des Polizisten ihn zu Boden streckte. Izzie warf sich in die Arme seines Vaters.

Ein anderer Polizist betrat den Flur, und plötzlich schienen sie überall zu sein. Alec und Gus ließen sich widerstandslos festnehmen. Handschellen schnappten um ihre Handgelenke, dann wurden sie hinausgeführt. Gus tastete mit beiden Händen nach den Schnittwunden auf seiner Stirn und starrte Izzie böse an, während er an ihm vorbeiging und in ein wartendes Polizeiauto einsteigen mußte.

»Warst du das?« fragte Izzies Vater.

»Ja«, erwiderte Izzie. Er wußte nicht, ob er stolz sein oder sich schämen sollte.

Ein Polizist rief vom ersten Stock herab: »Hier ist noch einer, Sergeant – bewußtlos.«

Mr. Izard schaute Izzie an und hob die Augenbrauen.

Izzie nickte. »Das hab' ich auch getan«, sagte er. »Bist du böse auf mich?«

Sein Vater schaute ihn eine Weile an. Dann kratzte er sich am Kopf. »Natürlich nicht, du Dummkopf«, sagte er mit belegter Stimme. »Ich bin stolz auf dich.«

»Wie hast du mich gefunden?« fragte Izzie.

»Es war Mick«, antwortete Mr. Izard. »Er fand heraus, wo sie dich hingebracht haben. Wie er das geschafft hat, bin ich mir nicht ganz sicher. Er war hier und hat dich durch ein Fenster gesehen.«

»Ja«, sagte Izzie. »Dann war er es, der gegen das Fenster geklopft hat.«

»Jedenfalls kam er zu mir und hat mir alles erzählt, und ich bin zur Polizei gegangen. Mick hat uns hergeführt. Er ist draußen, in einem der Polizeiwagen.«

Izzie ließ seinen Vater zurück und lief hinaus, um Mick zu suchen.

Viel später fuhren Izzie und sein Vater Mick vom Polizeirevier aus nach Hause. Mr. Izard sagte: »Es gibt eine Menge erfreulicher Neuigkeiten, die du deiner Mutter erzählen kannst, Mick. Es ist mir gelungen, das Geld aufzutreiben, mit dem wir das Filmstudio wieder in Gang bringen.«

»Klasse«, sagte Mick. »Und wenn Norton Wheeler als Boß der Maskenbande im Gefängnis sitzt ...«

»... kann euer Haus letztendlich nicht mehr abgerissen werden«, beendete Izzie den Satz.

»Verdammt«, sagte Mick, »dann ist der Tag doch noch gut ausgegangen.«

ENDE